고민과 소설가

대충 쓴 척했지만
실은 정성껏 한 답

고민과
소설가

최민석 에세이

비채

'호모 고미니우스'

대학생들 고민 상담을 해보지 않겠느냐며 칼럼을 청탁 받은 것은 채 마흔이 되기 전이었다. 당시 나는 곧 마흔이 된다는 사실을 전혀 실감하지 못했다. 고로, 20대에게 무언가 말해줄 나이가 되지 않았다 여겼다. 게다가 고민 상담을 할 자격 같은 게 내게 있을 리 만무했다. 이 둘에 대한 생각은 변함없다. 누군가에게 조언을 해줄 나이라는 건 없으며, 타인의 인생에 대해 이래라저래라 참견할 자격이 있는 사람도 없다.

더욱이 엉겁결에 결혼까지 하게 돼버려, 인생이란 과연 어찌 될지 한 치 앞을 알 수 없구나 하며 되는대로 살고 있었다. 그런 내가 '고민 상담'이라니, 가당치도 않은 일이었다. 그런데, 결혼을 해 아버지까지 될 상황에 처하니 기저귀 값, 분유 값, 애기 옷값 등 이리저리 들어갈 돈이 만만찮았다. 그리하여, 조금 뻔뻔해지기로 하고 '까짓것 한번 해보지 뭐'라는 심정으로 제안을 수락했다.

말하자면 생계 때문이었다. 그런데, 생활의 처지가 아무리 빡빡하다 쳐도, 적어도 인간으로서 타인의 고민에 대해 뭐라 할 자격이 있는지 다시 따져보지 않을 수 없었다. 그러고 보니, 오히려 내가 고민이 더 많았다. 나이 듦, 생계, 가족 부양, 육아·가사 부담, 아내와 부모 관계, 걸작을 위한 고민 등등…. 그간 해왔고, 하고, 할 고민을 한 문장씩만 적는다 해도 제임스 조이스의 《율리시스》 저리 갈 만큼 두꺼운 책이 될 게 뻔했다.

　결국 '고민을 보내야 할 사람이 어째서 남의 고민을 들어줘야 하는 거지?'라는 또 하나의 고민에 빠지게 되었다. 고민 많은 내게 하나의 고민이 추가되었으니, 이때 깨달은 게 있다. 인간은 태어나서 죽을 때까지 고민한다. 즉, 데카르트는 '생각한다, 고로 존재한다'라고 하였지만, 나는 '고민한다, 고로 존재한다'라고 말하고 싶었던 것이다. 마찬가지로 인간을 두고 파스칼은 '생각하는 갈대'라 했지만, 나는 '고민하는 갈대'라 하고 싶었고, 인간을 '이성적 동물'이라 하지만 나는 '고민하는 동물'이라 구체화하고 싶었다. 그렇기에 사피엔스 종의 무수한 표현 중에 왜 '호모 고미니우스(고민하는 존재)'가 없는지 의문이 들 정도였다. 이러다 그만 나만큼 고민 많고, 고민에 대해 고민해본 사람이 없으니, 적어도 학생들의 마음을 공감 정도는 할 수 있겠구나 싶었다.

그리하여, 칼럼을 쓰기로 하고 사연을 받기 시작했는데… 예상 외로 대학생들의 고민이 상당했다. 〈검은 사제들〉을 보고 무서워서 잠이 안 온다'는 가벼운 것부터, '친구의 친구를 사랑한다'는 전통적이고 무게 있는 것까지…. 현대인의 고민은 과거 인류의 고민에 그 종류와 양을 더해 발전, 아니 심화되고 있었다. 게다가 20대 청춘은 한창 흔들릴 시기이니 대부분의 고민은 꽤나 심각하여, 고작 마흔을 앞둔 내가 제대로 조언할 수 있을까 또 한 번 고민하게 됐다(말하자면, 이 칼럼 때문에 내 고민은 기하급수적으로 증가했다).

장고 끝에 '학생들 고민을 열심히 듣고 고개를 끄덕이는 게 최선'이라는 심정으로 연재를 시작했다. 그렇기에 초반에는 농담을 곁들이며 다소 경쾌한(?) 마음으로 썼는데, 점점 독자들의 반응이 뜨거워지고 사연도 진지해져, 나로서도 더 이상 장난을 칠 수 없게 돼버렸다. 시간이 흐를수록 본의 아니게, 진지하게 임하지 않으면 안 되는 상황이 돼버린 것이다. 여기서 고민이 또 하나 추가 됐는데, 그건 바로 내가 '유머를 잃지 않는 수필 쓰기'를 지향해왔다는 것이다. 하지만 인생의 갈림길에 선 청춘들의 무거운 고민 앞에서 낄낄거릴 수는 없는 노릇이었다. 결국 15개월간 연재를 하며 내 자세는 진중해졌고, 글 역시 무거워졌다.*

이 점에 대해선 사과를 해야 할지 말아야 할지 아직도 모르겠다. 그저 독자의 마음을 이해하고 그 입장에서 쓰다 보면, 필자 역시 변하게 된다는 것을 깨달았을 뿐이다. 그러니 '이게 갑자기 왜 진지해지는 거야!'라며 정색하지 말았으면 한다. 그나저나, 서문은 왜 이렇게 1970년대 문인이 쓴 것 같으냐고? 그건 앞서 말한 대로 애초에 가벼운 글로 시작했기에 원고가 그 경량성으로 인해 하늘로 날아가지 않을까 하여, 무게를 맞추려고 내가 얄팍한 술수를 부렸기 때문이다(또 한 번 정색하지 마시길. 다들 이렇게 살지 않나? 히히히). 이 또한 나름대로 고민한 결과이니, 나는 이 짧은 글을 통해서도 제 골머리를 썩혀가며 인간은 '고민하는 존재'라는 것을 방증하는 매우 실천적인 작가인 것이다.

그나저나, 고민 많은 독자들이 이 글로 인해 1밀리리터라도 근심을 덜어내길 바란다. 2, 30대 독자는 현재 진행형인 고민을 숙고하고, 40대 이상 독자는 한때 자신의 몸을 뜨겁게 헤집고 다녔던 고민의 시기를 떠올려보시길. 우리에

---

* 아울러, 내 처지 역시 많이 변했다. 결혼을 앞둔 총각에서 아들을 둔 아버지로 바뀌었다. 따라서 사연을 연재순이 아닌, 성격별로 재분류한 이 책에는 내 입장이 혼재돼 있다. 어떤 글은 총각, 어떤 글에는 아버지, 어떤 글에는 아이가 없는 남편이다. 독자를 위해 이런저런 고민이 뒤섞여 있는 것보다, 내 입장이 섞여 있는 게 낫다고 판단했기 때문이다. 부디, 양해해주길 바란다.

게 '고민'은 절연하기 어려운 가족 중 가장 골치 아픈 존재와 같으니까. 그리고 우리는 그 고민을 통해 성장해왔고, 성숙해져 가야 하니까.

그럼, 모든 '호모 고미니우스' 각자 힘내시길.

2장

 좋아하는 사람이 생겼습니다.

3장

관 계 사람 사귀는 게 버거워요.

4장

미 래 무슨 일을 하고 살아야 할까요?

1 장

자 아

설마

내가

이상한 건가요?

글만 읽으면 졸려요.

Q

대학교에서 마지막 시간을 보내고 있는 졸업반 학생입니다. 저는 왜 글만 읽으면 졸음이 몰려올까요. 신통방통한 졸음퇴치법은 없을까요. 최민석 작가님만의 재치 있는 해법을 듣고 싶습니다.

A

글만 읽으면 졸리신다니, 혹시 이 글을 읽다가도 꾸벅꾸벅 조실지 걱정되네요. 그래도 이 글은 본인 고민 때문에 쓴 것이니, 부디 얼굴에 분무기 물을 뿌려가면서라도 읽어주시기 바랍니다.

실은 질문자님의 고민을 접한 뒤, 제가 오히려 고민에 빠져버렸습니다. 그건 바로 '책'을 읽으면 졸린게 아니라, '글'만 읽으면 졸리다 하셨기 때문입니다. 작정하고 노력하면 인생에서 책 따위는 외면하고 지낼 수 있습니다. 졸업하면 책과 담을 쌓아도 되고, 입사 후 선배가 업무에 도움이 된다며 책을 추천해도 "한국 책 잉크에서 나오는 독소에 호흡이 곤란해지는 아나필락틱 쇼크anaphylactic shock를 앓고 있다"며 둘러댈 수도 있습니다. 이 질병은 심할 경우 의식 저하와 사망까지 유발한다니, 악한이 아니라면 이해해줄 겁니다(책이 이렇게 위험할 수 있다니, 왠지 작가로서 반성하게 되네요).

하지만 질문자님은 책이 아니라, '글만 읽으면 졸음에 빠진다'고 했습니다. 제가 문자에 과민하게 집착하는 것처럼 보일지 모르겠지만, 작가는 조사 하나가 마음에 안 들어 단어와 씨름하며 인생을 보내는 족속입니다. 그러므로 제가 문자 그대로 반응하더라도 이해해주시기 바랍니다. 이 사연을 접한 뒤, 혹시나 질문자님이 연애편지를 받자마자 애인 앞에서 코를 드르렁 골며 자버린 건 아닌지, 배낭여행 중 길을 찾으려고 가이드 서적을 펼쳤다가 갑자기 쓰러져버린 건 아닌지, 줄을 서서 마침내 입장한 맛집에서 메뉴판을 보자마자 곯아떨어진 건 아닌지, 이러다 행여 나중에 결혼식장에서 서약문을 읽다가 그만 졸려버려 웨딩드레스를 입은 채 하품을 하다가 결국 쓰러지는 건 아닐지, 걱정에 걱정을 거듭했습니다. 이런 경우라면, 죄송하지만 저는 답변을 드리기 난처합니다.

게다가 더 큰 문제는 질문자님이 실은 '책을 읽을 때' 졸리다 치더라도, 제가 묘수를 떠올리지 못했다는 겁니다. 그런데 아내가 제 고민을 듣고 나자 "보세요! 제 학창시절 비법이에요!" 하더니, 갑자기 액션 배우 장 클로드 반담처럼 다리를 찢어 두 발을 벽면에 붙였습니다. 그러고는 "전 이 자세로 시험 공부했어요!"라고 했습니다. 이런 비법이라면, 물파스를 사용할 수도 있고, 빨래집게를 사용할 수도 있고, 작심하면 코털을 뽑아가며 독서할 수도 있습니다. 하지만 질문자님도 아

시잖아요. 이건 미봉책일 뿐이라는 것을요. 실제로 제 아내도 학창시절 어느 순간 정신을 차려보면, 두 다리를 찢어서 발까지 벽에 붙인 채 누워서 아침을 맞이한 자기 모습을 발견하고 경악한 적도 많았다 합니다. 그 탓에 재수를 했다며, 회한에 젖기도 했습니다. 그러니 제가 드릴 말씀은 아주 원론적인 것입니다.

김이 샐지 모르겠지만, 책을 펼치기 전에 내 안에 존재하는 지적 호기심과 애정을 먼저 펼쳐야 한다는 것입니다. 세상의 원리에 대한 지적 열망, 이야기에 대한 애정, 문장이 풍기는 기품에 대한 관심이 찻주전자처럼 끓을 때, 졸음은 자연히 물러납니다. 인간이 동물과 다른 가장 큰 차이점은 바로 '문자'를 사용한다는 것입니다. 그렇기에 인간은 '기록하는 동물'입니다. 문자가 발명된 이후, 인류의 거의 모든 애정과 증오, 눈물과 웃음, 깨달음과 실수의 역사가 기록돼 있습니다. 우리는 타임머신을 타고 과거로 돌아갈 수 없고, 죽은 작가를 무덤에서 깨워서 대화할 수도 없습니다. 하지만 대신 책을 펼칠 수 있습니다. 수백 년, 수천 년에 걸쳐 얻은 깨달음을 소파에 기댄 채 읽을 수 있습니다. 그러니 이런 마음으로 책을 펼쳐보시기 바랍니다. 그리고 첫 페이지보다 먼저 펼쳐야 할 것은 우리의 호기심과 지적 열망입니다. 그럼, 즐거운 독서하시길!

참고로 제 책은 졸리지 않습니다. 일단《베를린 일기》부터….

여행을 싫어하는 게
이상한가요?

여행을 싫어하는 게 이상한가요? 저는 여행이 싫습니다. 여행을 싫어한다고 하면 다들 게으른 사람 취급하는데 저도 제 방에서 나름대로 바쁜 시간을 보냅니다. 집에서도 할 게 많은데 왜 굳이 돈과 시간과 에너지를 써가면서 여행을 가야 하는지 의문이 듭니다.

이렇게 말하면 주변 사람들은 다들 빤한 대답만 해요. 여행 가서 느끼는 건 뭔가 다르다고요. 작가님은 어떻게 생각하시나요?

A

걱정 마십시오. 세상에는 음악을 싫어하는 사람도 있고, 영화를 싫어하는 사람도, 커피, 술, 산책, TV, 운동, 독서를 싫어하는 사람도 있습니다. 제 소설을 싫어하는 독자도 숱하게 있습니다. 당연합니다. 사람에게는 취향이라는 게 존재하니까요. 여행을 싫어한다 해서 '게으른 사람 취급'하는 친구들이 이상한 겁니다.

그런데 말입니다, 누군가 무엇을 추천했다면 그것에도 어떤 이유가 있기 때문일 겁니다. 제가 질문자님의 지인이 될 수는 없기에 그 마음을 정확히 이해할 순 없습니다. 하지만 여행을 권한 이유를 추정해보자면 이런 게 아닐까 싶습니다. 그들은 모두 여행지에서 강렬한 인상을 받았을 겁니다. 그것이 인간의 유한함을 깨닫게 한 자연경관(그랜드 캐니언)이든지, 유구한 역사를 한눈에 접해 지금 내가 사는 이 순간이 몹시 짧은 것임을 깨닫게 하는 유적지(로마, 아테네)이든지, 다양하고 활기찬 사람들이 생의 나날을 흥미롭고 의욕적으로 살아가는 도시(터키)이든지, 먹는 음식마다 값이 싸고 맛이 있어 한 끼 식사만으로도 감사를 느끼게 되는 곳(태국)이든지, 미처 몰랐던 내 안의 예술적 욕구와 잠재력을 갑자기 닫힌 뚜껑을 확 열어버리듯 분출시키는 박물관(파리)이든지, 한 잔의 맥주가 뇌를 얼어붙게 만들 만큼 시원하고 감미로워 동공이 확장되고, '이때껏 이 맥주를 모르고 어떻게 살아왔지?' 싶을 만큼 배신감 같은 기쁨이 느껴지는 곳(더블린, 프라하, 브뤼헤)이든지, 삶의 여유와 낭만을 회복시켜줄 치유적 공간(산토리니, 카프카, 빠이, 제주도)이든지, 보는 옷마다 너무나 아름다워 '옷 한 벌만 신경 써서 입어도 이렇게 행복해질 수 있구나' 하는 깨달음을 주는 도시(밀라노, 런던)라든지, 있는 순간 마음이 평화로워져 느긋한 자세와 관대한 마음을 갖게 하는 휴양지(발리)라든지, 그 사람들의 마음을 적어도 한 눈금 정도는 움직인 뭔가가 있었을 겁니다. 저 역시 그랬기에 그간 45개국 이상을 다니며 인생의 10분의 1 이상을 여기저기 방랑하며 살아왔습니다.

그런데 여기에 핵심적인 것이 있습니다. 저를 포함한 많은 사람들이 이렇게 느낀 것은 그들이 여행지에서 '비일상성'을 느꼈기 때문입니다. 즉, 여행을 가고서야 비로소 위에 언급한 무언가를 느낀 것이지요. 여행을 가지 않고서도 느끼고 있다면 갈 필요가 없습니다. 그런데 저 같은 우둔한 사람은 대개 다른 공간, 다른 언어, 다른 기후, 다른 음식, 다른 시간대에 처하고 나서야 비로소 일상의 공간에서 냉동되었던 감성이 해동되곤 합니다. 질문자님, 문제는 '방에서 얼마나 바쁘게 지낼 수 있느냐, 게으르지 않을 수 있느냐' 하는 게 아닙니다. 여행지에서 더욱 게으르게 지내도 됩니다. 저는 그것이 더욱 의미 있다고 여기고, 실제로 여행지에서 별다른 일을 하지 않습니다. 제 목적은 그저 맥주를 마시고, 바람을 쐬고, 낯선 도시를 걷고, 해변가의 햇빛을 쬐는 것이기에, 그것만으로도 섭섭했던 일이 잊히고, 미련이 증발되고, 마음의 평안이 찾아옵니다. 서서히 활력이 차오르는 걸 느낍니다.

다시 말하자면 여행을 싫어하는 건 전혀 이상하지 않습니다. 하지만 여행이 주는 '비일상성'은 일상적인 것들이 얼마나 소중한지 새삼 깨닫게 합니다. 흔히 먹는 김치찌개, 누구와도 통하는 모국어, 숙박료를 치르지 않고도 몸을 뉘일 수 있는 잠자리, 이런 게 바로 '일상의 소중함'입니다. 그리고 '비일상성'을 통해 예절을 배우고, 타인을 이해하고, 마음이 넓어지고, 새로운 음식과 문화와 역사와 세계를 이해하게 되는 건 소중한 일입니다. 또 하나, 마일리지도 쌓이니 더 좋죠(왜 좋냐고요? 마일리지를 많이 쌓으면 세계 여행을 보너스로 갈 수 있답니다. 저는 지금 갈 수 있어요. 히히).

무서움을 잊을 수 있는
방법을 알려주세요.

Q

　　오늘 드디어 영화 〈검은 사제들〉을 봤습니다. 공포영화
를 정말로 못 보는 편인데 제목만 보고 무서우면 얼마나 무섭
겠어 하고 봤다가 심장이 뛰쳐 나올 듯 놀라 죽는 줄 알았습니
다. 영화 끝나고 화장실에 갔더니 얼굴이 창백해졌더라고요.
고민을 쓰는 지금도 자고 싶은데…. 너무 무서워서 잠이 안 옵
니다. 무서움 잊을 수 있는 방법이 있을까요?

A

질문자님의 고민에 조금이나마 공감하기 위해 저도 〈검은 사제들〉을 보고 왔습니다. 강동원의 다리가 정말 길더군요. '강동원처럼 태어났더라면 소설 따위는 쓰지 않았을 텐데…' 하며 봤습니다. 질문자님께서 밤잠을 못 이룰 정도라 하여 저는 잔뜩 각오를 하고 봤습니다만, 어찌된 영문인지 영화가 그정도로 무섭다는 느낌은 받지 못했습니다.

세상 풍파에 찌들어 제 영혼이 둔감해진 건 아닌지 자책했습니다. 그리고 도대체 어떤 대목에서 질문자님이 공포를 느꼈을지 상상해봤습니다. 혹시, 고양이를 무서워하시나요? 영화에는 고양이가 정말이지 잔뜩 나오더군요. 작년에 후배 소설가가 갑자기 세부로 여행을 간다며 고양이를 맡기는 바람에 일주일간 반 강제로 고양이와 동거를 했습니다. 막상 살아보니 그렇게 무섭지 않더군요. 간혹 불 꺼진 방에서 저를 노려보는 눈동자 두 개가 허공에 떠 있는 걸 제외하고는 말이죠. 이럴 때 불을 켜보면 꼭 고양이가 냉장고 위에 올라가 있더라고요. 반면에 자고 있으면 슬그머니 와서 안겨 체온도 올려주고, 앞발로 안마도 해줘서 이 정도면 같이 살 만하다고 느꼈습니다.

그게 아니라면 혹시 김윤석의 표정이 무서웠던가요? 〈타짜〉에서 아귀 역할을 맡았을 때 '아아, 이 배우 정말 매섭구면' 하고 느꼈습니다. 영화가 끝나고, 혼자 화장실에서 오줌을 지린 게 아닌지 속옷을 살펴봤습니다. 그게 벌써 10년 전이네요. 그간 김윤석 배우도 〈완득이〉에서 담임선생도 하고, 〈도둑들〉에선 김혜수에게 자신의 순정을 오해도 받으며 고생했으니, 더이상 무서워하지 마시기 바랍니다.

그것도 아니라면, 혹시 영화 속에 악령이 들어간 새끼돼지가 무서웠나요? 정말이지 그렇다면 할 말이 없습니다. 아아, 빨간 눈으로 저주를 퍼붓는 새끼 돼지는 저로서도 정말 무섭더군요. 앞으로 돼지고기를 먹으면 돼지의 혼령에게 해코지라도 당하는 게 아닐까 걱정될 만큼이요. 내년이면 마흔이 되는데, 이런 고민을 하게 될 줄은 몰랐습니다.

이거 쓰다 보니 〈검은 사제들〉은 꽤나 무서운 영화였군요. 새끼 돼지의 빨간 눈을 잊고, 질문자님의 고충에 진지하게

임하지 못했던 저를 용서해주시기 바랍니다. 게다가 불면증까지 야기하는 건강에 해로운 영화라니, 의사 협회에서 문제 제기라도 할까 걱정이 되는군요.

어쨌든, 그건 영화사 사정이고, 저는 잠이 안 올 때 종종 잔잔한 음악을 듣습니다. 그게 저에겐 자장가입니다. 혹시 남자친구가 있다면 자장가를 부탁하거나, 없다면 편한 친구에게 전화로 슬쩍 부탁해보세요. 그러다, 사랑이 싹틀지도 모르니까요. 헤헤.

저도 가끔 잠이 안 올 정도로 무서워질 때가 있습니다. 우리가 사는 이 땅에서 '표현의 자유'가 점차 줄어들고 있다는 게 실감날 때입니다. 그리고 사람들이 서로에 대한 혐오를 더욱 키워나가고 있다는 것도요. 많은 이들이 사람의 됨됨이와 본질적 행복을 논하기에 앞서, 금전적 이익과 경제적 상황만을 모든 가치의 척도로 말하고 있습니다.

사랑할 수 있을 때, 사랑하세요. 고백을 주저 말고, 거부의 공포에 굴하지 마세요. 세상의 높은 벽 앞에서 느껴질 두려움에 당당히 어깨를 펴고 할 말을 해보세요. 할 일을 해보세요. 이야기가 너무 벗어났네요. 정리하자면 세상엔 영화보다무서운 게 많습니다. 하지만 그 현실에 굴복하지 말고, 하고픈

대로 꿋꿋이 해나가시기 바랍니다. 잠이 안 올 때는 코코아를 마셔보고, 그래도 잠이 안 오면 제 소설을 읽으시기 바랍니다. 제 소설은 상당히 지루해서, 불면증 치료에도 도움이 됩니다.

전 이만 자러 갑니다. 아흠.

다들 제가
촌스럽다고 합니다.

Q

대학에 다니는 여자 사람입니다. 촌스러운 취향 때문에 고민이에요. 고등학생 때부터 촌스럽다는 이야길 들어왔어요. 뭘 고르더라도 지인들한테 핀잔만 들어요. 제 필통도, 핸드폰 케이스도, 머리핀도 다 촌스럽대요.

이제는 제 안목에 문제가 있는 것 같아서 선택 장애가 올 지경이에요. 뭘 사려고 해도 친구들이 또 촌스럽다고 할까 봐 걱정이에요. 트렌드세터는 바라지도 않아요. 그저 무난한 수준이면 좋겠는데 어떡해야 할까요?

A

질문자님이 대학생이라는 점을 고려하면 최소 2년, 최장 7년(혹은 그 이상) 촌스럽다는 평판을 들어왔겠네요. 프랑스 사회학자 피에르 부르디외는 명저《구별짓기》에서 '취향도 계급이 될 수 있다'는 식으로 주장했죠. 그만큼 취향은 단순한 기호 이상인데, 혹시나 주변의 핀잔으로 인해 상처받지 않으셨길 바랍니다.

이제는 오히려 평범함을 추구하고 싶다는 질문자님의 마음이 충분히 이해됩니다. 저는 애처로운 기분으로 며칠간 조사를 했습니다. 어떻게 하면 '외양적으로 평범하게 즉, 눈에 띄지 않게 다닐 수 있는가?' 하고 말이죠. 그러다 '데일리룩'이라는 새로운 용어를 알게 됐습니다. 며칠 뒤에는 어느새 '데일리룩'을 콘셉트로 하는 여성 의류 쇼핑몰을 하루에 세 시간씩 방문하고, 비교·분석하는 습관까지 생겨버렸습니다 (오늘도 소설은 안 쓰고, 쇼핑몰만 기웃거렸어요. 이게 제 고민입니다. 엉엉). 그럼 도움이 될진 모르겠지만, 며칠간의 제 분석 결과를 공유합니다.

　　데일리룩을 표방한 제법 규모가 큰 국내 쇼핑몰들은 다음과 같은 패션을 제안하고 있습니다. 우선 〈모코 블링〉은 주로 모델이 '청바지에 세로무늬 남방'을 입고 있었습니다. 그리고 '봄 신상품 업데이트를 완료한, 20대 취향 저격'이라고 광고한 〈유니크한 여자 옷장 아이보리 제이〉는 청바지에 흰 셔츠, 그리고 원피스를 데일리룩으로 추천하고 있었어요. 또한, '무심한 듯Point 무난한 듯Special 시선집중 with 데일리룩'이라는, 다소 문법을 무시한 캐치프레이즈의 〈데일리룩〉은 특이하게도 모델이 죄다 원피스를 입고 있었습니다. 지구상에 원피스가 아닌 다른 옷은 없다는 듯 말이죠.

　　그리하여 저는 또 고민에 빠졌습니다. '어째서 원피스인 거야?!' 이 의문을 품고 집에 돌아가니, 낯빛이 어두운 절 향해 아내가 답해주더군요. "원피스가 최고인 걸 여태 몰랐어?" 저는 이브의 탄생 이후로 줄곧 존재해온 진리를 몰랐던 바보 신세가 돼버렸습니다. 아내에 의하면, 원피스가 좋은 이유는 바로 코디가 쉽다는 것이었습니다. 일단 많은 옷이 필요하지 않다 했습니다. 원피스 하나만 예쁜 걸로 사면 맨다리에 그것만 입으면 된다는 겁니다. 웬만해선 촌스럽다는 말을 듣지 않

는다 하네요. 심지어 꽃무늬 원피스라도 '원래 이런 패턴이구나' 하고 말아버린답니다(꽃무늬인데도 말이죠). 게다가 원피스는 어쩐지 비싸 보이지 않습니까. 그러니 비싼 돈까지 주고 산 건데 촌스럽다는 말을 하지 않는답니다. 꽃무늬 바지는 아무리 잘 입어도 촌스러워 보일 수 있는데 말이죠.

단 사람들이 아내를 어려워해서 '촌스럽다'는 말을 대놓고 하지 않았을 수도 있어요. 왜냐하면 저도 아내가 옷을 입을 때마다 속으로는 '촌스러운데' 하고 생각했지만, 단 한 번도 입밖으로 꺼내본 적은 없거든요(라면서 이렇게 써버렸네요. 여보, 미안해. 나도 벌어먹고 살아야지). 아내는 다리가 굵어서 어울리지 않는 것 같다고 투덜대면서도 원피스를 사랑합니다. 옷장이 죄다 원피스이며, 집에서도 항상 원피스를 입고 있습니다. 아, 그러고 보니 지금도 꽃무늬 원피스를 입고 있네요.

아내가 집에서 꽃무늬 원피스를 입은 채, 원고를 쓰는 제게 말했어요.

"원피스는 여자의 특권이야!"

아아, 듣고 보니 저도 원피스를 입고 싶네요.

스코틀랜드 남자들이 입는 전통 치마 '킬트'도 원피스는 아니네
요. 정말 원피스는 여자만 입을 수 있나요? 훌쩍.

웬만한 남자들보다
머리가 커요.

머리가 너무 큽니다. 이건 아빠를 닮은 거라 저도 어떻게 할 수가 없네요. 제가 여자치고 작은 키는 아니지만요. 170센티미터가 넘거든요. 하지만 머리가 커서 7등신도 안 됩니다. 주변에 웬만한 남자들을 봐도 다 저보다 얼굴이 작은 것 같아요. 머리도 크고 얼굴도 크고… 진짜 너무 스트레스받는데 제가 할 수 있는 게 없네요. 어떡하면 좋죠?

A

실은, 전에도 이런 메일을 받아봤습니다. 하지만 어떻게 답해야 할지 몰라서 다른 사연을 채택했습니다. 저번에도 밝힌 적이 있는데, 피하고 싶었던 세 가지 고민이 바로 '진로' '외모' '가난'이었습니다. 어려운 주제라, 별 도움을 못 드릴 것 같았거든요. 하지만 생각을 바꿨습니다. 애초부터 저한테 질문을 보내는 학생이라면, 그다지 '도움' 같은 건 기대하지 않을지 모른다. '에이. 별다른 수 있겠어' 하는 심정으로 보내는 이들이 대부분일지도 모른다. 나 역시 편하게 답해보자 하고 말이죠. 그럼 편하게 답할게요.

자, 우선 미시적으로 접근해보죠. 키가 170센티미터가 넘는데 7등신이 안 된다고 하셨죠. 머리 길이가 24센티미터가 넘는다는 말이네요. 이게 과연 어느 정도인가 하여, 한국인의 평균 얼굴 길이를 찾아보았습니다. 여자는 22.6센티미터, 남자는 23.5센티미터가 평균이네요. 질문자님의 느낌처럼 웬만한 남자보다 머리가 큰 게 사실입니다. 하지만 그 차이를 보십시오. 불과 1센티미터 정도입니다. 이렇게 추정하는 이유는 질문자님께서 '7등신이 안 된다'고 하셨기 때문입니다. 6등신이 안 될 경우, 머리 길이가 28센티미터를 넘는데, 그렇게까지 표현 안 하신 걸 보고 질문자님은 24센티미터보다 약간 긴 머리의 소유자라 판단했습니다.

여기까지 읽고 어떤 느낌을 받으셨나요? 혹시 지나치게 세부적이다는 느낌을 받으셨나요? 만약 그렇게 느끼셨다면, 질문자님의 고민에도 어느 정도는 세부적인 면이 있는 겁니다. 여자 평균과는 불과 1.5센티미터 정도, 남자와는 1센티미터 미만의 차이입니다(물론 너비가 중요할 수 있겠죠. 여성의 머리 평균 너비는 14.7센티미터라고 하네요. 하지만 이 역시 평균값과 양극단 10%와의 차이는 1센티미터라고 합니다). 불과 1, 2센티미터의 차이를 두고 우리 사회는 머리가 크다, 작다 하며 환호하기도, 낙담하기도 합니다. 우주의 넓이는 무한대이며 영혼의 두께는 우주보다 넓을 수 있는데 이 얼마나 옹색한 견해입니까.

얼굴이 크다고 말씀하셔서 드리는 말씀인데, 저 역시 큽니다. 남자들 사이에서도 큽니다. 하지만 씩씩하게 잘 살고 있습니다. 살이 찌면 얼굴이 더 커 보이니, 운동을 열심히 할 수밖에 없는 운명이라 생각하고 달리기를 합니다. 걷기도 합니

다. 저는 오히려 더 건강해질 수 있는 조건을 타고났다고 생각합니다. 제가 그렇다는 말은 아니지만, 얼굴이 커도 매력적인 사람은 많습니다. 국민 배우 '하정우'의 얼굴이 얼마나 큰지 아십니까. 국민 외야수 '이진영'은요. 배트맨의 '벤 애플렉'은 어떻고요. 그리고, 스스로 얼굴이 작지 않다고 고백한 청순 미인의 대명사 '김하늘'까지. 이쯤 되면 머리가 커야 될 것 같습니다. 그래야 큰일을 할 수 있을 것 같습니다. 실제로 관상학에서는 머리가 큰 사람이 생각도 크고 깊어서, 지도자 자질을 갖추고 있어 성공할 타입이라 합니다.

이제 거시적으로 보죠. 근원적으로는 콤플렉스를 다루는 법에 관한 것입니다. 대부분의 사람에게 콤플렉스는 있습니다. 콤플렉스가 없는 존재가 인간이 아닐 정도죠. 반대로 이렇게 생각하면 어떻습니까. 콤플렉스는 인간의 존재 조건이다. 인간은 신이 아니기에 부족한 점을 반드시 타고난다. 내 부족한 점이 나로 하여금 겸손과 타인을 이해하는 법을 배우게 한다. 때문에 '고충이 사람을 사람답게 만든다'. 그렇기에 혼자서 아파한 시간만큼 타인의 아픔도 어루만질 수 있다. 내 불만을 비워내면 그만큼 무언가를 받아낼 여유가 생긴다. 이렇게 말이에요.

가장 하고팠던 말 할게요. 많이 웃으세요. 얼굴이 크면

웃는 모습이 더 크게 보일 거잖아요. 웃음은 마력을 지니고 있습니다. 본인에게 힘을 줄 뿐 아니라, 마주 보고 있는 사람도 따라 웃게 합니다. 누군가 크게 웃으면 영문도 모르고 따라 웃게 되잖아요. 웃는 얼굴은 다 예쁜데, 큰 얼굴이 웃으면 배로 예쁠 겁니다. 히히. 자, 스마일.

어떻게 하면
말을 잘할 수 있죠?

Q

언어는 마음의 창이라고 생각합니다. 그런데 표현을 잘하지 못해 너무 답답합니다.

피아노를 못 치면 배우면 되고 하다못해 글씨를 못 쓰면 캘리그라피라도 배울 텐데 말은 도저히 어떻게 해야 느는지 모르겠어요.

말 잘하는 사람과 같이 다니면 언어 능력이 느는 것 같기도 하지만 그 사람들이 절 재미없어해서 그 관계가 얼마 못갑니다. 어떻게 하면 말을 재미있게 하면서 호감을 얻는 사람이 될 수 있을까요?

A

제 자랑은 아니니 오해 말고 들으시기 바랍니다. 예전에
는 어딜 가나 "거참 말 하나는 잘하는군" 하는 소리를 곧잘 들
었습니다(물론, 이 배경에는 제가 '말만 잘했다'는 슬픈 전제가 있지
만 말이죠). 그러다 저는 소설을 쓰게 됐습니다. 이전에는 생
각나는 바를 말로 했지만, 말로 하는 대신 글로 풀어쓰니 소
설 쓰는 게 그리 어렵진 않았습니다(물론 이런 말을 하면 '또 문
학을 우습게 보는 거냐?'며 성토할 분이 계실지 모르지만, 전 원래 이
런 녀석이니 '그러려니' 해주시기 바랍니다). 그런데 소설을 쓰고
난 후부터, 이상 현상이 일어났습니다. 제가 말을 잘 못하게
된 것입니다. 제 안에서 언어를 관장하는 기관이 적출당하고,
기억해냈던 단어들이 증발해버린 것처럼 말수도 줄고, 눌변
이 돼버렸습니다.

곰곰이 생각해봤습니다. 그 이유가 무엇일까, 하고 말이
죠. 첫째는, 당연한 말이지만 하려는 말을 입술 대신 글로써

다 풀어내니 '말을 하고 싶은 의지'가 사라진 것입니다. 무슨 일이든 열정이 최고의 스승입니다. 말하고픈 마음이 사라지니 저는 자연히 어버버버버 하는 눌변이 돼버렸습니다.

둘째, 혹시나 내 말로 싸움이 촉발되지 않을까, 내 말로 상처를 받지 않을까 하는 조바심이 생겼습니다. 그 때문에 말을 잇다가, 머릿속에서 '아, 이 단어를 쓰면 싫어하겠지?'라는 예감이 번뜩 들어, 말을 멈추고 상대의 마음이 다치지 않을 단어를 찾다 보면 "작가님. 생각보다 말씀 참 못하시네요!"라는 반응이 돌아오곤 했습니다. 문제는 이런 말을 들어도 "그게 다 너 생각해서, 어! 내가, 어! 좋은 말만 골라서 하려다, 어! 뭐, 이딴 사람이 다 있어, 어!"라는 말은 못하고 "네. 어쩌다 보니…." 라고 얼버무려, 결국 "것 봐. 역시 말 못한다니까"라는 핀잔을 또 듣곤 했습니다.

셋째, 이게 결정적이었습니다. 열정은 줄고, 걱정이 늘어 핀잔만 듣다 보니, 결국 자신감이 사라졌습니다. 제 책을 재미있게 읽은 몇몇 TV PD와 라디오 PD가 저를 무척 재미있는 사람으로 착각하고 섭외를 해놓고 보니, 스튜디오에서 '음…. 청취자가 상처받지 않을 단어가 뭐더라'라는 표정으로 느릿느릿 말하고 '음…. 이 프로그램은 시청자가 많으니, 실수하면 더 많은 사람이 상처받을 테니까'라는 표정으로 멈칫멈칫 말하다 보니, 결국 '핵노잼 작가'라는 불명예까지 얻었습니다. 자신감이 땅을 친 요즘은 묵언수행을 하며 지냅니다.

그러니 말을 잘하고 싶으면 이때껏 제가 거쳐온 퇴보의 과정을 역순으로 거슬러 올라가시기 바랍니다. 첫 출발은 자신감입니다. 그다음은 주저하지 않기. 그러다 보니 말을 잘하던 시절에는 본의 아니게 사람들에게 종종 상처를 주기도 했습니다. 하지만 곧잘 사과를 했습니다. 생각을 머릿속에서 혼자서 발전시키는 건 글 쓰는 사람에게나 좋은 겁니다. 말을 하는 사람은 떠오르는 생각을 즉각적으로 '용기 있게' 꺼낼 줄 알아야 합니다. 그리고 자신의 잘못을 곧장 사과할 줄 알아야 합니다. 또 말하는 걸 피곤하게 여기지 않아야 합니다. 말을 하는 건 상당한 에너지를 요하거든요. 스스로 지치지 않아야죠. 끝으로 이게 제일 중요합니다. 말씀하신 것처럼 말은 '마음의 거울'이에요. 그러니 평소에 아름다운 마음과 훌륭한 생각을 품는 게 가장 중요합니다. 논리적으로 생각하고, 여러 이슈와 현상에 대해 자신의 생각을 정리해두는 것, 이게 기초입니다. 대부분의 웅변가들은 이미 머릿속에 많은 생각을 담아두고 있으니까요. 그럼, 전 이만 또 글을 쓰러 가겠습니다. 입은 닫은 채로요.

자존감이 낮아서
좋아하는 사람에게
고백을 못하고 있습니다.

Q

저는 주머니 사정이 좋지 않고, 키도 작은 대학교 2학년 남학생입니다. 자존감도 낮습니다. 하지만 1년 후배인 새내기가 너무 마음에 듭니다. 이 친구는 예쁘고, 인기도 많고, 키도 저랑 비슷합니다. 어떻게 이 후배를 여자친구로 만들 수 있을까요? 새벽까지 고민하다가 작가님의 고민 상담이 떠올랐습니다! 인생 선배인 최민석 작가님, 어쩌면 좋을까요?

A

오늘은 가장 솔직하게 답해볼게요. 제 생각에 동의하지 않을 사람도 많을 겁니다. 하지만 저는 경험칙으로 깨닫고, 이렇게 생각하며 살아왔습니다. 될 사람과는 되고, 안 될 사람과는 안 된다.

가끔씩 미디어에 '미녀와 야수' 커플이 등장하죠. 그럼 미녀들이 하나같이 말합니다. "처음에는 정말 마음에 안 들었어요. 하지만 점점 이 사람의 진심을 알게 됐고, 친절에 감동했어요." 속지 마세요. 친절에 감동한 여자의 마음이 변한 게 아니라, 애초부터 그 남자에게는 가능성이 있었기 때문입니다. 이런 유의 인터뷰를 보면 순진한 사람들은 착각합니다. '아, 열심히 하면 되는구나!' 아닙니다. 열심히 해도 안 될 게 있습니다. 반대로 열심히 안 해도 될 게 있습니다. 사람의 관계라는 건, 이성으로 이해할 수 없습니다. 아무리 노력을 해도 상대가 싫어할 수 있고, 전혀 노력을 하지 않더라도 상대가 좋아해줄 수 있습니다.

아울러 때도 있습니다. 무엇을 해도 안 될 때가 있고, 아무것도 안 해도 잘될 때가 있습니다. 취업이나 학업에 관해 말하는 게 아닙니다. 연애에 관해 하는 말입니다. 물론 최소한의 노력은 기울여야죠. 연락을 하고 종종 만나는 것 정도는 해야 합니다. 아무것도 않고 바라는 건 도적 심보입니다. 하던 말을 잇자면 어떠한 노력을 기울여도 아무도 나를 좋아해주지 않을 때가 있고, 별 노력을 기울이지 않아도 많은 사람이 나를 좋아해줄 때가 있습니다.

사람을 나무에 비유해보죠. 봄처럼 잎이 풍성하게 피어날 때가 있고, 가을처럼 낙엽이 되어 거리에 내뒹굴어질 때가 있습니다. 아울러 겨울처럼 쓸쓸히 지낼 때도 있습니다. 그러니 봄과 여름처럼 풍성할 때가 되면, 새들이 나뭇가지에 앉듯 이성異姓이 일상에 내려앉습니다. 긴말 않고 일찍 결론을 내리죠. 편하게 마음먹으시기 바랍니다. 될 수도 있고, 안 될 수도 있다. 이렇게 생각하십시오. 너무 당연한 말이지만, 깊은 사랑에 빠진 사람들은 대부분 '반드시 이루어져야 한다'고 생각합니다. 고백을 해서 상대와의 인간적인 관계까지 단절될까 두려워해 아예 고백조차 못합니다. 편하게 생각하고 고백하세요. 인연의 성사 여부는 인간의 영역이 아니니까요. 인간이 할 수 있는 건 고백을 하고, 마음을 베푸는 것뿐입니다. 그 외에는 운명에 맡기세요.

　아울러 한 말씀 더 드릴게요. 키 큰 사람 중에 의외로 키를 따지지 않는 사람들이 꽤 있습니다. 어차피 자기는 너무 커서 맞는 상대가 별로 없다며 마음을 비운 것이지요. 결국, 중요한 건 마음입니다. 한쪽은 받아줄 준비가 됐는데, 다른 한쪽이 자격지심에 젖어 있으면 그 관계는 외형적으로만 지속될 뿐입니다. 주머니 형편은 당장 나아지진 않을 겁니다. 이건 해결하는 데 시간과 노력이 필요한 것이니까요. 솔직히 이야기하고, 함께 누릴 작은 기쁨부터 하나둘씩 발견해보세요. 그리고 시간을 들여 노력하시기 바랍니다.

　연애에 관해서는 유연한 자세를 견지하세요. 그리고 가장 중요한 것을 말씀 드릴게요. 좋은 사람이 되길 노력하세요. 매력적인 사람이 되도록 노력해야 합니다. 자신을 가꾸고, 상대의 말을 경청하고, 상대의 의견을 존중하고, 배려하고, 여유를 가지며 유머를 구사하고, 긍정적인 가치관을 갖도록 훈련하시기 바랍니다. 몸도 건강히 가꾸고, 멋도 부리세요. 유머와 적당한 패션 감각은 상당히 중요합니다. 그런 다음 생각하세요. 될 사람과는 되고, 안 될 사람과는 안 된다. 그리고 내게도 될 때가 있다. 이게 전부예요.

쓸데없이 진지한 게
고민입니다.

Q

올해 대학에 입학한 신입생입니다. 새내기답게 싱그러운 분위기를 풍겨야 하지만 저는 그러지 못하고 있습니다. 왜냐하면 저는 너무 진지해져 버리기 일쑤거든요. 이런 성격 때문에 대인관계도 넓지 않고 아무에게도 얘기하지 못한 채 혼자 속을 끓이다가 놓친 것들이 한두 개가 아니에요. 이런 제 성격 어떡하면 좋죠?

A

구텐타크Guten Tag! 진지하다고 하셔서, 독일어로 인사해봤습니다. '진지' 하면 또 독일 아닙니까. 독일은 철학, 문학은 물론, 음악까지도 진중한 클래식으로 유명하죠. 오죽하면 진지해서 알아듣기 힘들다는 '독일식 농담'이라는 장르까지 있겠습니까.

그래서 말인데 제 생각에는 진지한 본인의 모습을 더욱 계발하는 것이 좋을 것 같습니다. 약간씩 농담을 하면 가볍다고 비난받고, 쉴 새 없이 농담을 하면 명랑하다고 좋아합니다. 마찬가집니다. 약간 진지하면 '진지충'이라 비난하지만, 배려심 있고 사려 깊으면서 진지하면 '배울 점이 있다' '가볍지 않다' '진중하다' '독일식이다!' 하며 칭찬해줄지 모릅니다. '진지한 면'이 캐릭터가 되는 것이지요.

질문자님은 이제 스무 살입니다. 아직 자신의 진면모를

모를 수도 있습니다. 이 고민은 잘 가꾸기만 한다면 장점이 될 수 있습니다. 원유가 잔뜩 매장돼 있는 산유지 같은 존재일 수 있는 거죠. 그러니 자신의 '진지한 모습'에 비관하지 마시길. 오히려 이 점을 더 깊이 계발하시길 바랍니다.

자, 그럼 깊어 보이는 것 이상으로 실제로 깊어지려면, 어떻게 해야 할까요? 우선 다양한 사고를 해야 합니다. 다양한 사고는 경험을 통한 깨달음에서 옵니다. 살면서 겪는 일들을 그냥 흘려보내지 마시고, 곰곰이 복기해 깨달음을 얻으시기 바랍니다. 저는 학창시절을 거의 매일 복기하며 보냈습니다. 제가 어쩐지 가벼워 보여 믿으실지 모르겠지만, 사실 저 역시 '진지충'인지라 매사에 교훈 얻는 걸 상당히 좋아합니다. 학창시절, 혼자 골방에 턱을 괴고 앉아, 자주 골몰하곤 했습니다. 예컨대 '음, 오늘 화장실에서 바지 지퍼 올리는 걸 잊고 나온 행위의 철학적 교훈은 무엇일까' 하고 말이죠(철학자처럼요).

그런데 직접 경험은 한계가 있습니다. 그러니 간접 경험을 잘 활용해야 합니다. '영화' '뉴스' '들은 이야기' 등도 좋지만, 아무래도 '독서'가 제일입니다. 그럼 어떤 책이 읽기 좋냐고요? 간단합니다. '당기는 책'이 최고입니다. 교양을 쌓고 싶을 때는 교양서적, 인문학이 고플 때는 인문 서적, 재미있는 이야기가 당길 때는 소설(《능력자》라는 소설을 추천합니다. 물론,

제 책입니다), 비 오는 날 감성을 적시고 싶을 때는 시집! 결론
인즉 아무것이나 좋다는 겁니다. 떡볶이가 먹고 싶을 땐 스테
이크를 먹어도 별로이듯, 독서는 항상 '당기는 때'에 '당기는
책'으로 하는 게 좋습니다.

  그리고 깊이를 추구하는 가장 좋은 방법은 '글쓰기'입니
다. 글을 쓰는 일은 자아의 상태를 종이에 활자로 옮기는 것
입니다. 그럼 활자는 '마음의 거울'이 됩니다. 활자를 통해 마
음을 들여다 보고, '자아'와 온전히 독대하는 시간을 통해 글
쓴이는 성장합니다. 글을 쓰다 보면 주변적 사고思考는 날아가
고, 핵심만 남습니다. 이런 혼자만의 시간을 자주 보내다 보
면, 질문자님의 진지함에 '깊이'가 더해질 겁니다. "진지해서
좋아요!" 하며 후배가 고백하는 날이 올지도 모르겠네요(안 오
면 말고요. 쿨하게 사십시오).

  그리고 '여유'를 가지시길. 모든 내면의 성숙 과정은 자
신을 위한 것이지, 어떠한 보상을 위해서 있는 게 아닙니다.
달라진 모습에 가장 기뻐할 사람은 바로 나 자신이니까요. 그
럼 건승하시길. 아우프 비더젠Auf Wiedersehen!

새내기가 들어오면
너무 슬플 것 같아요.

Q

좀 있으면 신입생들이 들어오는데요, 그러면 이제 저는
새내기도 아니게 돼서 예쁨도 못 받을 텐데 세월이 야속하네
요. ㅠㅠ

A

듣기만 해도 매우 슬퍼지네요. 저도 스물한 살이 된 직후 '아아, 작년이 참 좋았지' 하며, 소주를 벌컥벌컥 마셨던 기억이 납니다. 얼마나 마셨는지, 그때의 숙취로 아직도 머리가 멍한 것 같습니다(물론, 과장입니다). 그러니 오늘 제 말이 헛소리처럼 들린다면, 모두 그 숙취 탓이라 생각하십시오(물론, 변명입니다).

저는 학교를 1년 일찍 들어가서 95학번이었는데, 쓰고 보니 질문자님과 20년 정도 차이가 나겠네요. 그러니까 저는 한 달이 지나면 마흔 살이 됩니다. 이제 30대도 끝나고, 50대 형님들과 60대 노인들에게 귀여움 못 받을 생각을 하니 벌써부터 눈물이 납니다. 아, 오해는 마십시오. 절대, 질문자님의 고민으로 농담하려는 게 아닙니다. 요지는 생은 원래 이렇다는 겁니다. 앞으로 뭔가 항상 지나갈 것입니다.

스무 살 시절이 지나가듯, 대학생 시절이 지나가고, 청년 시절이 지나가고, 건강하고 기세 좋은 시절도 지나갈 것입니다(무릎 연골이 닳거나, 엉덩이와 가슴이 처질 수도 있습니다). 저역시 그러했고, 저의 선배들도 부모 세대도 그러했습니다. 이와 함께 이제 모든 시절이 다가올 것입니다. 스무 살 시절이 다가왔듯, 대학생 시절도 매년 새롭게 다가올 것이고, 멀리 떠나는 혼자만의 여행도, 가슴 시리도록 아프면서 행복한 사랑도 다가올 것입니다. 인생을 꽃에 비유하자면, 스무 살은 장미꽃처럼 화려하지만 금세 시들기에 더욱 소중하고 아름답습니다. 그렇기에 질문자님의 스무 살이 끝나간다는 사실에 저 역시 깊은 슬픔을 느낍니다.

하지만 이제 스무 살 이후의 모든 것들이 다가옵니다. 당연한 말이지만 인생은 스무 살에서 끝나지 않습니다. 그러므로 생의 가치는, 스무 살이 이토록 빨리 지나갔다는 것을 깨달았으므로, 다가올 시간을 하루하루 소중하게 쓰는 데에 있습니다. 고작 20년 더 산 사람이 마치 생을 모두 아는 것처럼 이런저런 말을 늘어놓는 게 굉장히 쑥스럽습니다만 양해해준다면, 지금이라도 남은 한 달 반 동안 맘껏 즐기시기 바랍니다. 술도 잔뜩 마시고, 독서도 맘껏 하시고, 할 수 있다면 여행도 가보시기 바랍니다. 맘에 드는 사람이 있다면 주저 말고 고백하고, 돈도 걱정 말고 쓰시기 바랍니다(쓰고 난 후에 걱정하면,

일도 하게 되고, 다음부턴 어떻게 써야 할지 깨닫게 됩니다. 후회는 성장의 거름입니다). 어차피 인간은 노동하는 존재이기에 평생 일을 해야 합니다. 아끼자면 끝이 없습니다. 쓸 때 과감하게 쓰는 데, 생의 행복이 있습니다.

　　마지막 조언을 하자면, 남은 스무 살의 한 달처럼, 다가올 시간도 쓰시기 바랍니다. 공부도 후회 없이 하시고, 친구들에게 먼저 사과하고, 좋았고 기뻤던 일에 적극적으로 감정을 표현하기 바랍니다. 친구들이랑 밥을 먹고, 밥값이 싸면 잽싸게 계산도 해주십시오. 물론 용돈도 부족하고, 아르바이트하기에도 힘든 시절이란 걸 압니다. 그러니 규모는 작더라도 사소한 행위들에 진심을 담아서 실천해보기 바랍니다. 그래도 시간이 남는다면, 제 소설을 읽기 바랍니다. 돈 쓸 데 많은 스무 살이니, 사서 안 보셔도 좋습니다. 저는 제 소설을 도서관에서 빌려 읽고 악평을 하는 독자를 멀리하지만, 스무 살의 질문자님이라면 빌려 읽고 욕하셔도 좋습니다. 단, 너무 심하게는 마세요.
　　그나저나 며칠 밤만 자면 마흔이 되는 제 고민은 어쩌나요? 질문자님. 시간 나시면 저한테도 조언을 보내주시기 바랍니다. 제 이메일 주소는 searacer@naver.com입니다. 감사합니다. 독자들에게 부끄럽지 않은 소설가가 되도록 착하게 살겠습니다.

욕심이 많으면
느긋하게 못 살까요?

Q

인생을 꼭 치열하게 살아야 하나요? 이것저것 해보고 싶은 욕심이 많아요. 음악도 배우고 싶고 여행도 가고 싶고 공부도 잘하고 싶고요. 그래서 매번 올해는 또는 내일은 더 치열하게 살아야 해! 하고 다짐합니다. 하지만 성격이 여유롭고 느긋해서 치열하게 살아본 경험이 없습니다. 동시에 느긋하게 사는 게 행복인데… 뭐가 나쁠까 하는 생각도 듭니다.

물론 사회는 경쟁해야 살아남을 수 있겠지요. 경쟁에서 살아남기 위해서 다들 치열하게 살라고 조언을 해주네요. 저도 살아남기 위해 현재의 성격과 습관을 버리고 치열하게 살아가야 할까요? 아니면 느긋하고 여유롭게 살아도 잘 살아갈 수 있을까요?

A

"서른네 살까지 백수 생활을 했다. 백수리듬을 타게 되면 사람이 참 부드러워지고 유연해진다. 성취욕이 없으니까 특별히 급할 것도 화낼 것도 없다. 일생에서 직업적으로 제일 길게 한 것이 백수다. 백수를 어떻게 보내느냐에 따라서 인생의 뒷마무리가 정해지는 것 같다. 이건 나중에 돈으로 사려고 해도 살 수 없는 주옥같은 시간이니까."

누구의 말일까요. 바로 〈달콤한 인생〉의 김지운 감독이 한 말입니다. 그는 자신의 에세이 《김지운의 숏컷》에 이렇게 썼습니다. "감독이란 직업도 영화를 안 찍을 때는 도로 백수일 수 있어서 선택한 것 같다."* 그만큼 '잉여의 시간'을 중요히 여긴 겁니다. 그뿐만이 아닙니다. 그룹 W&Jas로 활동하는 유명한 음악가 배영준 씨도 오랜 시간 백수로 지냈습니다.

* 김지운 저, 《김지운의 숏컷》, 마음산책, 2008

쿠엔틴 타란티노 감독 역시 영화가 좋아 그저 비디오 가게에서 아르바이트를 하며 지냈습니다. (갑자기 제 얘기를 꺼내 죄송하지만) 저 역시 꽤 오랜 시간 동안 백수로 지냈습니다. 다시 김지운 감독의 말로 돌아가 보죠.

"나는 시나리오를 빨리 쓰는 편이다. 이렇게 시나리오를 빨리 쓸 수 있는 건 아마도 다년간 쌓아온 '백수공력'이 아닌가 싶다. 백수 때 많이 보고, 잘 놀고, 10년간 받아들이기만 하고, 한 번도 쏟지 않았던 어떤 것이 무진장한 창작욕구가 되었고, 지금 영화감독이 되어 한 번에 마구 쏟아져 나오는 거란 생각이 든다. 이런 백수기가 나에겐 감독이 될 수 있는 정신적인 자양분이었던 것이다."*

제가 드리고 싶은 말씀은 생에서 느긋하게 지내는 시간은 굉장히 중요하다는 것입니다. 질문자님은 앞으로 남은 평생을 노동하며 살아가야 합니다. 때로는 조바심 내며 느긋하게 지낸 시간들이 결국 그 긴 노동의 시간을 버텨낼 자양분이 될 겁니다. 물론 모든 사람이 느긋하게 지낼 필요는 없습니다. 바쁜 걸 좋아하면 바쁘게 지내면 됩니다. 다만, 바쁘게 지내는 걸 괴로워하며, 느긋하게 지내는 것까지 괴로워할 필요는

* 김지운 저, 《김지운의 숏컷》, 마음산책, 2008

64

없습니다. 인생에는 리듬이라는 게 있습니다. 도약을 할 때가 있고, 도약을 위해 움츠릴 때가 있습니다. 지금은 달리기 전에 몸을 추스르고 에너지를 비축해두는 시기입니다.

이 몸을 움츠린 동안 어떻게 보내는지가 중요합니다. 관심사에 시간을 쏟고, 하고픈 공부를 하고, 독서를 하고, 음악을 듣고, 친구와 대화를 하며 정서적 교류를 나누는 건 매우 중요합니다. 그런데 이를 너무 중요하게 여긴 나머지, 우리 사회에는 무조건 치열하게 해야만 한다고 여기는 경향이 있습니다. 그러다 도대체 무엇 때문에 바쁘게 살아야 했는지 잊어버리기도 합니다. 급기야, 바쁜 시간 자체를 '덕'으로 여기고, 무위無爲의 시간을 '독'으로 여기기도 합니다. 그러다 보니 모두가 바쁘게만 지내는 겁니다.

전 세계 인구가 70억이라면, 70억의 인생이 있기 마련입니다. 우리 인구가 5천만이니, 5천만의 인생이 있어야겠죠. 하지만 우리에게는 명문고, 명문대, 대기업의 '모범 항로'가 기다리고 있고, 그 후에는 '돈 버는 어른' '고급 옷을 마음껏 사다주는 부모'의 모습이 기다리고 있습니다. 아닙니다. 이게 전부는 아닙니다. 질문자님께는 자신만의 색깔로 칠할 수 있는 인생이 있습니다. 그럴 권리도 있습니다. 저와 이 글을 읽는 독자 역시 마찬가지입니다. 그러니 그 누구도 대신할 수 없는 자기만의 속도로 인생 길을 걷기 바랍니다.

단, 훗날 망쳤다 해서 제 탓은 하지 마시길. 호호호.

마음의 소리, 현실과의 타협.
어느 쪽을 선택해야 좋을까요?

Q

　　인문학을 전공하는 대학생입니다. 전공을 버리고 돈을 벌면서 직장인으로 살 것인지 공부에 뜻을 두고 지옥행 열차가 분명한 학문의 길을 계속 갈 것인지 고민하고 있습니다. 마음속으로는 학문에 정진하고 싶지만, 이 길을 계속 갔을 때 일반 기업에 취직해 사는 쪽보다 경제적으로 험난한 삶을 살 확률이 훨씬 높은 것 같습니다. 이처럼 냉혹한 현실 속에서 끊임없는 고뇌에 빠지곤 하는데요, 마음의 소리를 따라야 할까요 아니면 현실과 타협해서 안정된 삶을 살아야 할까요?

A

　전에는 말씀드렸지만, '외모' '가난' '진로' 상담만은 피하고 싶었는데, 또 장벽을 만났네요. 누구나 그렇겠지만 자신이 살아야 하는 삶의 결정권을 타인에게 질문의 형태로 넘기는 것은 간단합니다. 질문을 하고, 상대의 답이 마음에 안 들면 무시해버릴 수 있으니까요. 이렇게 생각하면 심플하게 답할 수 있습니다. 하지만 행여나 10년 뒤 "당신 때문에 상사에 취직했더니, 회식에 지쳐 간암에 걸렸다고!" 하며 찾아온다면 정말이지 할 말이 없어집니다. 지금이라도 당장 키보드에서 손을 떼고, 팔짱을 낀 채 으음 하며 묵언수행하고 싶어집니다.

　이렇게 사설을 늘어놓는 이유는, 제 대답은 언제나 간단하기 때문입니다. 부디 10년 뒤 저를 찾아와 탓할 생각이 없다면 계속 읽으시고, 그럴 자신이 없다면 이대로 덮어버리시기 바랍니다.

저는 소설가입니다. 저 역시 같은 고민을 했고, 간단히 결정을 했습니다. 저는 가난하지만 즐겁게 살 수 있는 길을 택했습니다. 꽤나 힘들 것이라 생각했고, 실제로 첫해에는 상당히 힘들었습니다(통장에 삼천 원도 없던 적이 있었습니다). 하지만 만족했습니다. 스스로 택한 길이었으니까요. 다른 것은 바라지 않았습니다. 오로지 글을 쓰는 즐거움만으로 기뻤습니다. 누가 원고 청탁을 하지도 않았고, 제 책은 서점에 깔리지도 않았습니다. 그저 혼자서 묵묵히 몇 년을 썼습니다. 그러다 어느 순간 정신을 차려보니, 제법 맛난 음식도 먹고, 자주 여행도 다니게 됐습니다. 말하자면, 원하는 길을 걸으며 나름의 노력을 쏟아붓는다면 그게 꼭 '지옥행 열차'에 탑승한 걸로 끝나는 건 아니라는 것입니다. 물론 저는 아직도 한 치 앞을 모르는 삶을 살고 있습니다. 그렇지만 이 기분이 나쁘지 않습니다. 정신적 기쁨과 물질적 기쁨 중에 전자를 택했고, '아아! 질 수만은 없지' 하는 마음으로 닥치는 대로 써왔습니다. 자연히 물질적 보상도 따라왔습니다.

이제 반대로 생각해보죠. 질문자님의 말대로 일반 기업에 들어간다면 안정된 삶을 누릴 수 있을까요? 그렇다면 다행입니다. 그런데, 한국 사회는 저성장 사회입니다. 신입 채용은 경력직 채용으로 대체되고, 직원들은 구조조정으로 정리해고 당합니다. 이게 우리 사회입니다. 질문자님은 '현실과 타협한 안정된 삶'이라 표현하셨으니, 아마 기세 좋게 취직할 지도 모릅니다(추정일 뿐입니다). 저는 비록 구직을 오래 하긴 했지만, 입사는 기세 좋게 했습니다. 하지만 원치 않는 부서로 발령을 받자 조직에서 바랄 건 월급밖에 없게 됐습니다. 결국 직장생활을 마감하고 원하는 일을 하기로 했습니다(물론 그 시간도 나쁘지 않았습니다. 많은 것을 배우고, 경험할 수 있었으니까요).

'마음의 소리'라고 표현하셨죠. 자기 마음이 속삭이는 말에 귀 기울여보시기 바랍니다. 원하는 것이 심리적 행복과 물질적 행복 중 어느 쪽에 더 가까운지. 마음은 한쪽으로 부등호를 가리킬 겁니다(같다면 아무렇게나 사십시오!). 그 부등호가 가리키는 방향이 질문자님이 원하는 삶입니다. 감히 하고픈 일을 하라고 말씀드리겠습니다. 그 일로 잘될 수도 있으니까요(저를 10년 뒤에 찾아와 비난하지만 않는다면 말이죠. 그러고 싶다면, 제 소설책에 실린 작가 사진을 찢고 잊으세요).

추신

정 갈등이 된다면, 직장생활을 1, 2년 해본 다음에 다시 학업을 하는 것도 나쁘지 않습니다. 물론 직장생활이 마음에 든다면 계속 다녀도 좋고요. 단, 저라면 하고픈 일을 하겠습니다. 잘되면 내 탓이고, 잘 안되도 내 탓입니다. 그야말로 본인만이 책임질 수 있는 삶입니다.

다 잘하고 싶어요.

Q

저에게는 그림, 글쓰기, 악기, 뜨개질, 조주, 수집, 게임, 외국어 등 많은 것을 배우고 싶은 욕심이 있습니다. 그런데 하나만 완벽하게 잘하는 것도 힘든데 모든 분야에서 잘하길 바라는 건 과욕이 아닐까 싶습니다. 어떻게 하면 완벽에 대한 집착을 버리고 만족하며 살 수 있을까요?

A

이런 질문을 하는 사람에겐 하나의 특성이 있습니다. 머릿속에 생각이 많다는 것입니다. 좀 냉정하게 말씀드리면 생각만 많다는 것입니다. 왜냐하면 이런 것들을 몇 가지라도 제대로 실천해봤다면, 모든 것을 완벽하게 해내려는 집착은 자연스럽게 버려지기 때문입니다.

기왕 냉정해진 김에 언급하자면, 질문자님은 '배우고 있다'고 표현하지 않고, '배우고 싶은 욕심이 있다'고 했습니다. 셜록 홈스가 울고 갈 넘겨짚기식 추론력을 발휘해보자면, 질문자님은 아직 '아무것도 배우고 있지 않습니다'. 그저 미술과 문학과 음악과 학문 전 분야에 걸쳐서 완벽해지고 싶은 욕구가 충만한 상태입니다. 정확히 말하자면 '음악과 미술과 문학과 학문과 여가 활동에까지. 내가 하려면 모든 걸 완벽하게 해야 해. 하지만 인간이 모든 분야에 완벽해지는 건 불가능해. 아아, 전인적 인간이 될 수 없는 나는 어째야 하지. 우선 마인

드 콘트롤을 해보자'라며 끊임없이 사변적인 고민에 휩싸여 있는 상태입니다. 즉, 시간을 낭비하고 있는 것입니다(오늘은 독설가입니다. 죄송합니다).

여기까지 제 짐작이 맞았다면, 고민은 그만두고 하나라도 시작해보세요. 그러고 시간이 남으면 두 개를, 또 남으면 세 개를… 하다 보면, 몇 개라도 잘 해내는 것에 대해 실로 고마운 마음을 가지게 될 것입니다. 그게 인간이니까요.

자, 이로써 이번 회 상담 끝.
이라면 얼마나 좋겠습니까만, 문제는 제 추정이 틀렸을 경우입니다. 셜록 홈스 뺨친다 해도, 열길 물속은 알아도 한 길 사람 속은 모른다 했건만, 제가 만나지도 않은 질문자님의 속사정까지 어찌 다 헤아리겠습니까(갑자기 겸손해졌습니다. 저는 이처럼 조변석개하는 인간입니다). 그리하여 질문자님이 실제로 언급하신 몇 가지는 기본, 언급하신 모든 것뿐만 아니라 분신술과 공중부양술까지 배우고 있다는 경우도 가정해보았습니다. 그럼에도, 질문자님의 머릿속에는 이 '완벽'에 대한 생각이 떠나질 않는다고 말이죠. 질문자님은 스와힐리어도 해야 하고, 체지방 0%의 몸매도 유지해야 하고, 맘만 먹으면 순간이동도 해야 하고, 공중부양도 해야 합니다. 그럼에도 '완벽'에.대한 갈증은 줄지 않습니다.

이게 질문자님의 현 상태라면, 결론부터 말씀드리겠습니다. 부럽군요. 잘하셨습니다. 짝짝짝. 농담처럼 말했지만, 저는 이게 인간의 특성이라 생각합니다. 인간은 끊임없이 완벽을 추구합니다. 왜냐하면 우리는 미완의 존재이기 때문이죠. 인간은 불완전한 존재입니다. 그렇기에 질병에 지지 않기 위해 운동을 하고, 맹수에게 당하지 않기 위해 보호할 도구를 만들고, 이동할 수 없는 먼 거리를 달려가기 위해 이동수단을 발명합니다. 내 마음의 부족을 메우기 위해 짝을 찾습니다. 우리가 사는 공동체의 부족을 해결하기 위해 토론하고 설득하고 투쟁하여 시스템을 만듭니다. 넓게 보자면 이 모든 것이 '완벽에 가까워지려는 욕구'입니다.

그렇습니다. 질문자님이 여러 노력을 하고 있음에도 '완벽'을 떠올리신다면, 그것은 '집착'이 아니라, 완벽에 대한 '생각'입니다. 완벽에 대한 '갈구'이자, 삶을 충실히 살고픈 '열정'이자, 조금이라도 나은 사람이 되고픈 '인간적인 바람'입니다. 그러니 자책하지 마시기 바랍니다. 저 역시 형편없이 쓰는 작가이기에 오늘도 조금이라도 완벽에 가까워지기 위해 단어를 고치고, 쉼표를 빼고, 뺀 쉼표를 다시 넣습니다. 고친 단어를 다시 원 상태로 되돌립니다. 이런 멍청한 짓을 반복하는 이유는, 이러다 보면 어느 순간 완벽은 아니지만, 완벽에 가까워지는 제 문장을 보기 때문입니다.

비록 어리석어 보일지라도 저는 이렇게 하는 것이 가장 인간다운 행동이라 여깁니다. 그게 비록, 공중부양술에 대한 열망일지라도 말이죠.

그나저나 폴 오스터의 소설 《공중곡예사》를 보면, 주인공이 훈련을 해서 공중부양술을 터득합니다. 상당히 흥미롭습니다. 물론, 제 소설이 더 재미있지만….

2 장

사 랑

좋아하는

사람이

생겼습니다

과 선배와의 CC
괜찮을까요?

Q

1학년 때 과CC 하면 다들 안 좋다고 주변에서 말리더라고요. 인간관계도 좁아지고, 헤어지면 힘든 일만 많아진다고요. 특히 선배랑 사귀는 건 안 된다고. 괜히 멋있어 보이는 것일 뿐, 시간이 지나면 그렇지 않는다고 하더군요.

그런데 진짜로, 적어도 지금은 제 눈에 괜찮아 보이는 남자 선배가 있는데 어떻게 해야 할까요? 작가님도 1학년 때 CC 하는 건 반대하시나요?

A

　반대합니다. 이제 막 대학 입시라는 굴레에서 벗어났는데, 연애가 삶의 중심이 되어 1학년 때 해야 할 다양한 경험을 포기해야 합니다. 지적하신 대로 인간관계도 좁아집니다. 헤어지기라도 하면 남은 4년 동안 전 남자친구와 불편한 관계를 지속해야 합니다.

　2학년 때 하는 것도 손해입니다. 1학년 때 사귈까 말까 고민했던 동기 녀석과 가까스로 연인이 되면, 얼마 안 돼 군대에 가버립니다. 이 경우 만나자마자 닥쳐온 이별 앞에서, 꼼짝없이 '고무신 신세'가 돼버립니다. 제대할 때까지 기다리자니 힘들고, 다른 사람을 만나자니 배신자 소리나 듣고, 이래저래 2학년 때 캠퍼스 커플을 하는 건 손해입니다.

　3학년 때도 안 좋습니다. 이제 사랑을 알 만한 나이가 됐는데, 동기들은 죄다 군대에 가버리고, 복학생이나 만나야 하기 때문입니다. 아! 어감마저도 촌스러운 '복학생'. 저도 복학생 시절을 겪었지만, 이상하게 복학생이 되면 패션감각도 사라지고, 유머 감각도 증발해버립니다. 아무리 씻어도 몸에서 아저씨 냄새가 나는 기분마저 듭니다. 제 경우의 말이지만, 자연히 이 시절 자신감이 사라졌고, 어딜 가도 위축됐습니다. 제 친구들도 꽤나 그랬습니다. 이런 복학생을 달래가면서 연애하는 걸 반대합니다.

4학년 때는 더욱 안 좋습니다. 당연한 말이지만, 단군 이래 최악의 취업률을 갱신하는 요즘에 취업 준비에 전념해도 모자랄 시간에 연애라니요. 가당치도 않습니다. 졸업 동기들도 모두 정신이 취업에 쏠려 있어 커플이 되더라도 관계에 소홀할 게 뻔합니다. 그리고 취업과 진학을 앞둔 마당에 연하남 챙겨 줄 여유가 어디 있습니까.

자, 이제 졸업을 합니다. 아직 CC 할 기회는 남아 있습니다. 컴퍼니 커플Company Couple도 CC 아닙니까. 하지만 직장인 1년차일 때는 반대합니다. 이제 막 취업해서 업무를 익혀야 할 때 연애라니요, 가당치도 않습니다. 게다가 요즘은 수습사원이나 비정규직으로 채용된 뒤, 짧게는 6개월, 길게는 1년 가량 근무를 하고 나서야 정규직으로 전환됩니다. 이런 시기에 연애를 하다가 근무에 소홀해져 정규직으로 전환이 안 되면 생의 모든 노력이 물거품이 됩니다. 게다가 헤어지면, 남은 오랜 세월 동안 전 남자친구랑 어떻게 얼굴을 맞대고 근무합니까. 당연한 말이지만 2년차도 반대합니다. 비슷한 이유니, 세세한 내용은 지면상 생략합니다.

아, 걱정 마십시오. 교회를 다닌다면 처치 커플Church Couple도 CC 아닙니까. 그 유명한 교회 오빠도 있고요. 하지만 등록 1년차에 CC 하는 걸 반대합니다. 이제 교회에 막 발을 디뎌 좋은 이미지를 남겨야 할 때, 연애부터 한다고 소문나면 성도들이 챙겨주는 맛있는 주일 점심도 눈치 보며 먹어야 하고, 성령님이 실망해 하늘에서 내려오는 무궁한 은혜를 덜 받게 될지도 모릅니다.

자, 주변인들의 조언이란 이런 것들입니다. 딱 맞아떨어지지는 않겠지만, 이런 맥락의 이야기를 앞으로 타인에게 듣게 되거나, 본인이 할지도 모르겠습니다. 그러니 언제든지 주저 말고 상대에게 마음을 보여주시기 바랍니다. 연애의 적기는 '하고 싶을 때'입니다. 안전하고 피해 없는 청춘보다, 뜨겁고 상처받는, 그래서 상처받을수록 아름다워지는 젊은 시절을 보내시기 바랍니다. 인간은 상처받기에 성장하고, 빛이 나는 존재이니까요.

남자친구가 가난합니다.

Q

남자친구가 가난합니다. 저는 남자친구를 사랑하고 남자친구도 좋은 사람이지만, 저는 아직 스무 살밖에 안 됐고 여기저기 함께 해보고 싶은 것도 많지만 돈이 부족해서 그러지 못하고 있어요. 이렇게 말하는 제 자신이 싫지만 돈 걱정 없는 연애도 해보고 싶거든요. 어떻게 해야 할까요?

A

인간이 신에게 매달릴 때는 주로 세 가지 경우라고 합니다. 질병이 있거나, 인간관계로 힘들거나, 경제적 문제가 닥칠 때라죠. 그만큼 인간은 사회적 동물이자, 경제적 동물입니다. 따라서 그저 쉽게 '걱정 마십시오! 앞으로는 다 잘될 겁니다'라는 답은 드리지 않겠습니다. 인생에서는 누구에게나 가난의 시기가 다가옵니다. 가난은 마치 '터널'과 같은 것이기 때문이죠. 그렇기에 우리는 좀 더 이 문제를 유연하게 대응하는 법을 터득해야 합니다. 즉, 물질적 기쁨이 아닌, 심리적 기쁨에 집중하는 자세를 가져야 합니다. 저에게는 문학과 영화와 음악이 도움이 됐습니다. 저 역시 가난한 시절이 있었고, 지금 역시 크게 다르지 않습니다.

그런데 저는 이 고민을 받고 그렇게 큰 걱정은 하지 않았습니다. 고민 속에 이미 답이 있었기 때문입니다. 질문자님께서는 '남자친구를 사랑'합니다. 게다가, '남자친구는 좋은 사람'입니다. 아울러 질문자님은 스스로 표현하시기에 '스무 살 밖에 안 됐'습니다. 사실 이것만으로도 질문자님은 세상 거의 모든 것을 가졌습니다. 스무 살 젊은이가 부자인 또래 연인을 만난다는 것은 사실상 존재하지 않는 신화와 같습니다. 물론 세상 어딘가에는 근사하고 돈 많은 이도 존재합니다. 그러나 현실적으로 그러려면 상대는 대부분 나이가 많을 겁니다. 자기 능력으로 돈을 벌어 어느 정도 여유를 누리며 살려면 적어도 30대 중반이나, 어떻게 하다보면 30대 후반은 되어야 한숨 돌릴 만합니다. 그러니 부잣집 자녀가 아니라면 스무 살 젊은이가 만날 이성 대부분은 가난하기 마련입니다. 심지어 부잣집 자녀 중에도 가난한 친구들이 많습니다. 용돈을 적게 타기 때문이죠(저도 스무 살 시절에는 부잣집 아들이었지만, 코딱지만큼의 용돈을 받았습니다. 그러다 집이 망해버렸습니다. 이게 인생입니다). 그렇기에, 정말 찢어지게 가난한 경우, 예컨대 데이트를 할 때 밥값도 없는 경우가 아니라면 이 시기에는 이럴 수도 있구나, 하고 여기는 게 오히려 나을지도 모릅니다.

사실 스무 살 시절에 연인이 있다는 게 오히려 대단한 행운입니다. 그 상대가 질문자님을 사랑하고, 좋은 사람이라는 것 역시 더할 나위 없는 행운입니다. 저는 스무 살 시절을 솔로로 보냈습니다. 그 처참하고 참담했던 시절을 떠올리면, 지금도 키보드 앞에 눈물이 뚝뚝 떨어집니다. 하나 오해는 마십시오. 남자친구가 있으니 가난쯤은 감수하라는 말이 아닙니다. 현실적으로 이때의 연애란 대부분 데이트 비용에 쪼들리며 제한된 사랑을 하기 마련이란 말입니다.

끝으로 하나 덧붙이자면 인생은 깁니다. 정말 깁니다. 스무 살 때 가난이 평생 따라다니지 않습니다. 질문자님도 질문자님의 남자친구도 일을 하여 돈을 벌 것입니다. 그리고 하나 따끔한 조언을 하자면, 지금 가난한 사람은 질문자님이 아니라 '남자친구'입니다. 행여 남자친구에게 조금이라도 의지하고픈 마음이 있지 않았는지 자문해보시기 바랍니다. 상대가 가난하면, 내가 더 도움이 될 수 있도록 노력할 수도 있는데 말입니다. 그리고 도움이 될지 모르겠지만 스무 살 시절의 사랑과 결혼한 사람은 제 주변에 아무도 없습니다. 꼭 그렇다는 건 아니지만, 스무 살의 사랑은 나름대로 추억을 쌓으며 주어진 시간에 감사하며 지낼 때 더욱 아름다워지기도 합니다. 부디, 가난 때문에 헤어지진 마세요. 시간이라는 엄청난 폭력이 사랑을 서서히 무뎌지게 하는 경우가 허다합니다. 많은 이별 이유 중에 가장 구차하고 부끄러운 것이 '가난'이니, 연인과 더욱 아름답고 소중한 사랑하시기 바랍니다. 인생은 어찌 될지 모릅니다.

정신적으로 교감하고
공감하는 연애,
다시 시작할 수 있을까요?

Q

스무 살 대학생입니다. 최근 전 남자친구에 대해 생각하는 날이 많아졌습니다. 전 남자친구는 저를 열렬히 사랑했습니다. 그러나 저와는 맞지 않았죠. 정신적으로 교감을 나누고 싶었는데 저는 남자친구를, 남자친구는 저를 이해하지 못했습니다. 저희는 짝이 맞지 않는 블록처럼 서로에게 흠집만 내다 결국 헤어졌습니다.

헤어진 지 반년 째, 전 남자친구의 애교 섞인 문자 메시지가 문득 생각나네요. "오늘은 뭐 했어?"라며 묻는 목소리가 귓가에 들리는 듯합니다. 다시 사귀고 싶은 마음은 없습니다. 만나봤자 같은 문제로 우리는 서로에게 상처만 줄 테니까요. 계속 품어봤자 소용없는 기억과 마음인데 버릴 방법은 없을까요. 매번 최민석 작가님의 답을 읽으면서 유레카를 외쳐왔습니다. 제 고민이 사연으로 선정됐다고 메일이 오면 버선발로 뛰어나가 어깨춤을 추고 싶은 기분이겠어요.

A

먼저, 제 답변을 읽고 유레카를 외쳐 주셨다니 감사합니다. 이번에는 '윽. 이 자식 뭐야!' 하며 험담하실까 두렵네요.

미래학자 제러미 리프킨은《공감의 시대》에서 호모 엠파티쿠스Homo Empathicus라는 개념을 등장시킵니다. '공감하는 인간'이란 뜻입니다. 그는 이 '공감하는 인간'이 21세기를 선도하리라 예언합니다. 리프킨에 대해 조금 더 말하자면 이미《노동의 종말》에서 정보화 사회가 다수의 일자리를 잃게 만들 것이라 했으며,《소유의 종말》에서는 소유가 아닌 '접속'으로 상징되는 새로운 세상을 맞이하리라 예언했습니다. 저는 그의 말을 믿습니다. 앞으로 세상은 '공감할 줄 아는' 사람들의 세상이 될 겁니다.

어디까지나 제 사견일 뿐이지만, 제 생각에 우리 사회가 겪고 있는 많은 갈등의 문제는 '공감을 제대로 하지 못했기 때문'입니다. 다른 성별의 입장을, 다른 계급의 처지를, 다른 지역민의 상황을 공감하지 못했기에 증오까지 팽배해진 겁니다. 과거의 군사정권, 독재정권, 그리고 국민의 기대를 저버린 정권들은 국민의 고통과 상처에 공감하지 못했습니다. 공감하지 못하는 자들이 패권을 잡으면 세상은 어둠 천지가 됩니다. 이처럼 '공감하는 능력'은 개인의 인간관계 뿐 아니라, 공동체의 현재와 미래에 영향을 끼칠 만큼 중요합니다.

그런데 이 '공감 능력'은 어디에서 올까요? 상대의 고통을 가늠해보는 상상력에서도 기인할 수 있지만, 자신이 이미 겪은 경험에서 훨씬 강하게 기인합니다. 눈앞에 있는 사람이 흘리는 눈물을 보면, 자신이 처했던 과거의 슬픔을 떠올라 마치 내 일처럼 상대를 위로할 수 있습니다. 그러기에 기쁨의 경험 못지않게 중요한 것이 바로 '슬픔의 경험'입니다.

산다는 것은 성가신 일입니다. 기말고사를 쳐야 하고, 리포트를 내야 하고, 교수의 재미없는 농담을 감내해야 합니다. 게으른 녀석과 조별 과제도 해야 하고, 때론 실속 없는 고민 상담에 시간마저 뺏깁니다. 인간으로서 이런 일을 겪은 뒤에 남는 것이 하나 있다면, 바로 '같은 일에 처한 사람을 이해할 수 있는 능력'이 생긴다는 것입니다. 인간이 여타 동물과 다른 것은 바로 이 공감하는 능력이 뛰어나기 때문이라고 하죠.

과거 남자친구가 생각나서 괴로울 겁니다. 이별은 누구에게나 아픈 것이며, 누구에게나 찾아오는 것입니다. 연인과의 이별이건, 가족과의 사별이건, 전학·이직으로 인한 이별이건, 우리의 생에서 이별은 지나칠 수 없는 정거장입니다. 그러나 이 힘겨운 과정을 통해 우리는 조금씩 자라고 단단해집니다. 상처를 받아들일 수 있게 되고, 맞닥뜨릴 수 있게 됩니다. 또한 누군가를 품을 수 있게 됩니다. 내가 지나온 길에서 헤매는 자에게 손을 내밀 수 있게 됩니다.

어딘가로 훌쩍 떠나 환기를 하거나, 새로운 사랑에 빠져 과거를 잊을 수도 있습니다. 하지만 누군가와 헤어지고 난 뒤에 겪는 그리움과 미련 역시 사람을 사람답게 만드는 중요한 요소입니다. 굳이 잊으려고 발버둥치지 마시기 바랍니다. 이 버거운 감정도 생명이 있어 언젠가는 서서히 사그라질 것입니다. 그러므로 누군가가 그리워지는 이 감정과 함께 지내며, 훗날 단단해져 있을 자신의 모습을 상상해보시기 바랍니다. 이렇게 우리는 어른이 되어 갑니다.

이럴 때 읽으면 좋은 책이 있습니다. 부끄럽지만 제 소설입니다. 《쿨한 여자》. 제러미 리프킨의 책보다 재밌습니다. 하지만 고작 2쇄를 찍었습니다(이게 인생입니다). 흑흑.

전 남친을 밀어냈는데
잘한 걸까요?

Q

CC로 2년간 사귀었던 동갑 남자친구가 후배와 바람을 피워 1년 전에 헤어졌어요. 학교에서 그 후배와 팔짱 끼고 다니는 그를 마주치는 게 힘들었습니다. 저에게 아무렇지도 않게 대하는 것이 힘들더군요. 헤어지고 한 번 만났는데, 그저 "잘 지내라"라는 말밖에 못 했던 제 자신이 초라하게 느껴지기도 했고요. 그 후 저도 새 남자친구를 사귀었지만, 마음 정리가 안돼서인지 헤어지고 말았어요. 그러다 시간이 흘러 그 사람한테 다시 연락이 왔어요. 사과하고 싶다 해서 만났는데, 그동안 미안했다면서 울기까지 하는 거예요. 그러면서 또다시 만나자고 하기에 저는 그럴 수 없다고 했어요.

결국 친구로 지내기로 합의했는데, 그러자마자 너무 편안한 태도로 돌변하는 게 아니겠어요? 그 순간 남은 정까지 다 떨어져버렸어요. 제가 과연 잘한 것일까요. 그는 또 연락을 하거나, 아니면 학교에서 마주칠 텐데 어찌해야 할까요?

A

　세상에는 세 부류의 남자가 있죠. '남친'과 '남친이 아
닌 남자' 그리고 '구 남친'. '구 남친'을 어찌 정의해야 할까
요. '한때 나의 남자였으나, 이제는 나의 남자가 아닌 사람.'
혹은 '다시 내 남자가 될 수도 있지만(결혼을 안 했다면), 다시
만나자니 꺼려지는 남자' 정도일까요. 실은 이건 남자에게도
마찬가지입니다. 성별만 바꿔서 말하면 위의 모든 문장이 거
의 성립됩니다.

　'우리는 과거에 연인이었기에, 마음먹으면 다시 연인이
될 수 있다.' 이게 바로 구 남친의 기대 심리일 겁니다(구 여친
역시 마찬가지고요). 그러니까 술을 마시면 전화를 하고, 그 유
명한 문자 "자니?"도 새벽 3시에 정기적으로 보내는 겁니다.
살까지 섞은 사이라면, 오랜만에 만나 술을 마시다 "손이나 한
번 잡아볼까" 뭐, 이런 예전에 숱하게 했던 대사를 나누다 정
신을 차려보면 어느새 둘이서 함께 아침 햇살을 맞이하고 있

는 겁니다. 과거 연인은 잃어버린 시간들을 어서 회복하고 싶기에, 처음 연애할 때 공들였던 과정을 다 생략하고 바로 육체적 관계를 맺는 거죠. 가장 강력한 남녀 간의 재회로 서로의 몸이 자기 것임을 확인하고, 그 몸 안에 깃든 감정을 확인하고, 관계를 회복하고 싶은 거죠.

하지만 빨리 회복된 관계는 빨리 깨지기 쉽습니다. 그렇기에 많은 과거 연인들이 재회해 한두 번의 에피소드를 겪은 후, 각자의 일상으로 돌아가곤 합니다. 다시 만나고 헤어지고를 반복하죠. 헤어지는 이유는 간단합니다. 서로 싸우는 것도 지겹고, 싸울 노력을 하는 것도 지치니까, 이 과정을 생략해 바로 헤어져버리는 겁니다. 그런데 헤어지고 나면 막상 외롭고, 추억에 젖게 되니까 또 첫 연애 때의 공들이는 과정을 생략해 '자니?' 문자를 보냅니다. "할 말이 있다. 그때는 내가 어렸어. 너한테 잘해주지 못해 미안하다!" 이런 게 흔한 대사입니다. 그러며 술 한잔하자는 거죠. 그렇게 다시 하나가 되고, 새로운 장애를 만나면 또 헤어지고…. 이 과정이 뫼비우스의 띠처럼 반복됩니다. 술을 마시면 그다음 과정이 빤히 예상되니, 나중에는 술 대신 차를 마시고, 밥을 먹기도 하지만, 출발만 다를 뿐 종착지는 같습니다.

이렇게 재회한 연인들은 '단기간 연인'과 '단기간 타인'

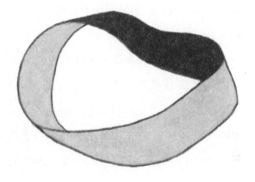

의 관계를 반복합니다. 사실 많은 구 남친(혹은 구 여친)들이 이 사실을 알고 있습니다. 그래서 개중에는 '잘되면 좋고, 아니면 말지'라는 심정으로 연락을 하는 이도 있습니다. 물론 헤어진 연인에게 다시 연락을 하는 사람의 심정은 처참합니다. 문자 전송 버튼을 누르는 순간, 부끄러움이 파도처럼 밀려와 다음 날 아침 발가벗겨진 심정으로 지내야 합니다. 그럼에도 불구하고, '에라 모르겠다'라는 태도로 행동하는 이들이 있습니다.

제가 단정할 수는 없지만, 질문자님의 구 남친에게서는 그런 면이 조금 보입니다. 물론 재회를 제안했을 때 거절당해서, 구겨진 자존심을 다시 세우려고 갑자기 편한 척하는 걸 수 있습니다. 남자들은 대개 그런 동물이니까요. 하지만 그렇다해도 성숙한 남자라면 '센 척하지 않고, 자신의 상처를 솔직히 말하고 부끄러운 채로 망가지는 게 낫다'고 생각합니다. 게다가 구 남친은 이미 신뢰를 한 번 깼잖아요. 그렇기에 질문자님께 말씀드립니다. 잘하셨어요. 다시 만나지 마세요. 연락엔 답하지 말고, 마주치면 인사만 하세요. 그래서 완전히 타인이 되면, 그때부턴 기본적인 예의만 지키세요. 그게 질문자님의 인격을 유지하며 대처할 수 있는 방법이에요. 사람은 때론, 냉정해질 필요도 있어요.

그런데 이 남자가 인생의 남자는 아니죠? 그럼 제 말 취소.

정말 마음에 드는
사람을 만났는데
그에게 여자친구가 있어요.

Q

대학교 2학년인 스물한 살이에요. 계절학기로 교양강의를 듣다가 정말 마음에 드는 오빠를 만났어요. 볼 때마다 멋있다는 생각이 들고, 저에게도 잘해줘요. 아이콘택트하면서 웃으며 말해주고요.

근데 이 오빠는 이제 만난 지 5년이 돼가는 여자친구가 있어요. 그래서 그런지 어떨 땐 벽을 치듯 말하기도 해요. 그런데 그것 때문에 더 반했어요!

한편으론 오래된 사이를 망가뜨리고 싶지 않고요. 이 상황에선 그냥 놓아줘야 하는 건가요? 이렇게 완벽한 남자 언제또 만날 수 있을까 싶어요. 놓아주기 싫어요. 꼭 잡고 싶어요. 어떻게 해야 할까요?

A

전 세계 인구가 74억이죠. 절반을 남자라 치면 37억입니다. 진짜 많죠? 그런데 그중에 유아, 미취학 아동을 빼고, 노인들 빼고, 유부남들 빼면 인구는 확 줄어듭니다. 만나기 어려운 아프리카, 중동, 알래스카에 거주하는 남자를 빼면 더 줄어듭니다. 언어 장벽이 있는 남자를 빼고, 키를 제한하고, 종교를 제한하고, 직업을 제한하고, 군복무중인 사람을 빼고, 같은 도시에 사는 남자로 제한하면… 놀랍게도 마음에 드는 남자가 없는 기적이 일어납니다. 남자가 37억인 이 별에서 말이지요!

이런 소거법을 행할 때, '여자친구가 있는 남자'를 빼면, 90%가량이 연애 대상에서 사라지는 황당한 상황을 마주하게 됩니다. 당연한 말이지만 멋진 남자에게는 대개 여자친구가 있거든요. 말도 안 되죠. 그러나 이게 현실입니다. 그래서 많은 청춘들이 허락되지 않는 사랑 때문에 소주를 병째 마시고, 한강에서 울부짖고, 시를 쓰고, 나중엔 노래 가사도 쓰는 겁니다. 신파를 찍듯이 고민하고 방황합니다. 이게 청춘의 터널이라는 듯 말이죠.

누군가 마음에 든다고 해서, 상황은 고려치 않고 다짜고짜 받아달라며 떼쓰는 건, 상대를 배려하지 않는 겁니다. 하지만 오랜 시간 고민하고 상대 입장에서 생각하고, 물러서려고 수차례 노력했는데도 안 된다면 어쩔 수 없는 겁니다. 차라리 오랫동안 간직해왔고, 끙끙 앓아왔던 마음을 표시하는 게 낫습니다. 그러다 병나면 어쩝니까. 상사병에는 약도 없습니다.

그분에게 질문자님의 마음을 솔직하게 말해보세요. 그걸로 마음이 차분해진다면 그것만으로 좋은 것이고, 그걸로 둘의 관계가 친밀해진다면 그 역시 좋은 것입니다. 반드시 연인이 되어야 할 필요는 없지만, 연인이 반드시 되지 말아야 할 이유 역시 없습니다. 질문자님도 그렇고, 그 오빠도 아직 젊습니다. 이런 말은 좀 죄송하지만, 두 분은 아직 어립니다. 비록 법적 성인이긴 하지만, 각자 가정을 꾸린 것도 아니고 자식이 있는 것도 아닙니다. 너무 심각하게 받아들이지 마세요.

20대에는 지구가 멸망할 때까지 연애 상대와 함께해야 할 것 같습니다. 그게 안 된다면 반드시 해피엔딩을 맺어야 할 것 같습니다. 그래야 내 청춘이, 내 삶이, 아름다운 추억과 역사로 새겨질 것 같죠. 하지만 세상살이는 그렇지 않습니다. 결혼하지 않는다면 모두 헤어지게 됩니다. 당연한 말이지만, 인류의 미래를 위해 헤어지는 것도 아니고, 그렇다고 상대의 미래를 위해 헤어지는 것도 아닙니다. 몹시 사소한 이유로 헤어집니다. 그러면 남녀 간에 한때 철석같이 믿고 지켜왔던 가치가 실은 산들바람에도 날아가버리는 것이란 걸 시간을 통해 깨닫게 됩니다. 남녀관계라는 게 이런 겁니다. 아쉽게도, 이게 현실입니다. 매우 사소한 말다툼, 보잘것없는 의견 차이가 쌓여 서로에게 상처를 주고, 그 생채기가 쌓여, 결국은 헤어집니다. 이런 말은 뭣하지만, 결혼을 해도 깨지는 게 남녀관계입니다.

그러니 여유롭게 생각하세요. 여자친구는 있을 수도 있고 없을 수도 있는 겁니다. 그리고 본인 역시 여유롭게 생각하세요. 그 사람의 여자친구가 되더라도, 연애하는 관계에서는 쉽게 헤어질 수도 있는 겁니다. 어느 날 이별 통고를 받더라도 '아, 때가 왔구나' 생각하세요. 생은 적극적으로 임해야 하지만, 때론 수용하면서 살아가야 합니다. 그러다 한 사람을 만나서 정착하고, 그 뒤로는 가정을 지키려 노력하면 됩니다. 그럼 전 이만! 집에 가서 애를 봐야 해서….

남자친구 SNS에
제 사진이 없어요.

Q

만난 지 4개월 된 남자친구가 있는데요, 남자친구가 저를 페이스북이나 인스타그램에 올리지 않습니다. 처음엔 그저 언젠가 올리겠지 했는데 4개월이 되도록 올리지를 않네요. 별게 아니라면 아니라서 참으려고 했는데, 무슨 말 못 할 이유가 있나 싶고요. 직접 물어보자니 제가 유치해지는 것 같아 어떻게 해야 할지 도무지 모르겠네요.

A

대학생들의 고민은 연애가 태반이네요. 부럽습니다. 아
아, 이것이 젊음인가요.

우선 남자친구가 바람둥이는 아닌 것 같습니다. 바람둥
이들은 대개 SNS를 하지 않거든요. 페이스북도 하고 인스타
그램도 하는 걸 보면 SNS 활동이 왕성한 편입니다. 트위터에
텀블러에 빙글까지 한다면 중독일 가능성이 있지만, 그 정도
는 아닌 것 같네요.

주목할 점이 있습니다. 모두 그런 건 아니지만 SNS를
활발하게 하는 이들은 다른 자아를 갖고 있습니다. 현실 자
아와는 다른 SNS 자아 말이지요. 이들의 특징은 SNS 매체 특
성에 맞게 언어와 이미지를 현실과 다르게 제시합니다. 예컨
대 현실 세계에서는 과묵하거나 눌변일지라도 트위터에서는
140자 이내의 금언을 곧잘 쓰거나, 현실에서는 유행을 좇지

않는 단벌 신사일지라도 인스타그램에는 감각적인 사진을 곧잘 올리기도 합니다.

즉, 온라인 세계에 구축한 자기만의 언어 세계와 이미지 세계가 따로 있는 것이죠. 이런 것들을 통틀어 전 'SNS 자아'라 합니다. 아직 4개월밖에 되지 않아서 남자친구가 언젠가 질문자님의 사진을 올릴지도 모릅니다. 하지만 그 후에도 질문자님의 사진이나 질문자님의 이야기를 올리지 않는다면, 아마 남자친구가 유지하는 SNS 자아가 현실 자아와 다르기 때문일지 모릅니다. 이상하게 여기지 마세요. 많은 사람들이 이런 경향을 보이니까요. 현실에서는 험한 말도 곧잘 하는 사람이 유독 SNS에는 감상적인 소설 문장을 인용한다거나, 현실에서는 정치 얘기를 전혀 하지 않는 사람이 SNS에선 정치적인 주장을 강하게 하는 경우가 허다합니다.

그럼 어떻게 해야 할까요? 제 대답은 간단합니다. 남자친구의 SNS 세계를 존중해주십시오. 질문자님은 남자친구와 현실 세계에서 연애를 하는 것이지, 사이버 연애를 하는 것이 아닙니다. 남자친구는 자신만의 온라인 세계를 구축하고 싶어 합니다. 그게 문학이든 정치든 음악이든 식도락이든 여행이든, 자신이 바라는 지향점이 있을 겁니다. 거기에 질문자님의 사진이나 이야기가 빠졌다고 해서, 질문자님이 여자친구

가 아니란 것은 아닙니다. 단지 SNS의 활용 대상에 포함돼 있지 않을 뿐입니다. 연애를 한다고 해서 이성친구가 내 소유가 될 수는 없으며, 이성친구의 페이스북 또한 내 소유가 될 수는 없습니다. 이걸 인정하면 편해집니다.

단, 하나만 염두에 두세요. 현실에서도 질문자님을 소개하지 않고, 소홀히 대하거나, 여자친구가 있다는 사실마저 숨긴다면, 이별을 준비하는 것일지도 모릅니다. 혹은 이별 후에 다른 사람을 쉽게 만나려고 준비하는 것일 수 있으니, 뜨거운 대화를 나눠보시기 바랍니다. 이런 징후가 전혀 없다면 SNS 정도는 남자친구가 숨통을 틀 수 있는 공간으로 인정해주시기 바랍니다. 그럼 아름다운 사랑 가꾸어가시길.

그나저나 질문자님은 남자친구 사진 올리셨나요?

여자친구가 제 앞에서 개그우먼
박나래와 안영미 춤을
따라 춥니다. 어쩌죠?

Q

여자친구가 개그우먼 박나래와 안영미를 너무 좋아합니다. 제 앞에서 박나래와 안영미 춤을 따라 추는데 눈살이 찌푸려져요(심지어 야한 드립까지도 따라 합니다).

A

우선 여자친구가 있다는 점, 축하드립니다. 'N포 세대'라는 신조어까지 생긴 이 거친 세상을 함께 헤쳐나갈 친구가 있다니 얼마나 다행입니까. 단, 그 친구가 박나래, 안영미의 춤을 따라 춘다는 게 질문자님께는 고민스럽겠지만 말입니다.

과연 박나래, 안영미의 춤이 어느 정도이길래 고민이 될까 싶어 영상을 찾아봤습니다. 의외로 매력적이었습니다. 그리하여, 제 주변 지인들과 맥주를 마시며, '글쎄, 독자 중에 여자친구가 안영미의 춤을 춰서 골치라는 대학생이 있다니까'라고 하니, 다들 부러워했습니다. '안영미 춤을 추려면 유연해야 하는데 청춘이라 부럽다' '박나래 춤이라면 폴댄스인데, 그런 고난도의 춤을 추는 여친이라니, 부럽다' '여친이 있다는 게, 부럽다' 등의 의견이 제시됐으며, 소수의견으로는 '대학생이라니, 부럽다!' 따위의 고민과 하등 상관없는 시샘도 있었습니다. 제 주변 인간들은 대개 한심하니 별 신경 안 쓰서도 좋습니다.

저 역시 큰 도움을 얻지 못한 채 며칠간 고민했습니다. 그 결과 두 가지 결론을 얻었습니다. 우선 가능성이 낮은 이 야기부터 해보죠. 어쩌면 질문자님은 안영미, 박나래에게 질 투를 느끼고 있습니다. '삼류 소설가 양반, 무슨 얼토당토 않 은 말이야!' 할지 모르지만, 질투는 반드시 동성에게만 느끼 는 것이 아닙니다. 여자친구가 장동건, 원빈을 좋아한다고 하 면 우리는 '약간의 질투'를 느낍니다. 나와는 다른 세계에 속 한 사람이라고 여기기 때문이죠. 하지만 '류준열이나 안재홍' 을 좋아한다고 하면, '조금 더 강한 질투'를 느낍니다. 내 주변 에도 이 정도 인물은 있을 것 같다고 여기기 때문이죠. 그러다 내 친구나 선배에게 인간적 호감을 느낀다고 하면 그 감정은 매우 커집니다. 여자친구를 잃을 위험이 일상적 수준으로 높 아지기 때문이죠. 그런데 이런 감정은 동성뿐 아니라 이성에 게도 연결됩니다. 여자친구가 박나래, 안영미를 너무 좋아하 는 나머지, 나는 축소된 느낌에 빠져 그녀가 추는 춤과 농담까 지 싫어졌을지도 모를 일입니다. 사랑하는 사람의 세계에 내 가 없어 보일 때, 우리는 불안합니다. 그러나 그녀가 나를 사 랑한다는 확신이 있다면, 이 느낌을 떨쳐 버리시기 바랍니다.

두 번째는 취향과 포기에 관한 이야기입니다. '포기'에 가장 능한 동물은 바로 인간입니다. 원숭이는 항아리 안에 담긴 바나나를 꼭 쥔 채 손을 빼려 합니다. 당연히 긴 바나나 때문에 손은 항아리에서 빠지지 않습니다. 하지만 몇 시간 동안 끙끙대며 손을 빼려 합니다. 바나나를 '포기'할 줄 모르기 때문입니다. 인간의 행복은 역설적으로 '포기할 줄 아는 데' 있습니다. 기혼자가 되면 다른 이성과의 연애를 포기해야 합니다. 포기하면 안정적인 가정의 행복을 누립니다. 제 이야기를 하자면, 결혼을 한 후 취향을 '포기'했습니다. 아내는 감자를 매우 사랑하는데, 저는 감자를 끔찍이 싫어합니다. 이걸 몇 번이나 말했지만, 아내는 매주 감자의 향연을 펼칩니다. '감자 샐러드' '감자 튀김' '감자 볶음' '(고등어 찜을 빙자한)감자찜'. 저희 집 냉장고는 감자밭입니다. 오늘 아침에도 감자볶음을 먹고 나와 이 원고를 쓰고 있습니다. 저는 제 음식 취향을 포기했습니다. 아내를 사랑하기 때문입니다. 여자친구를 포기할 게 아니라면, 때론 자신의 취향을 포기할 줄 알아야 합니다.

박나래, 안영미는 개그우먼입니다. 사람들에게 웃음을 선사하기 위해 우스꽝스럽고 과한 몸짓도 마다하지 않습니다. 아마 질문자님은 조신하고 단아한 여성상을 좋아하는 건지도 모릅니다. 여성이 섹스에 관해 농담을 하는 걸 꺼릴지도 모릅니다. 그렇기에, 자신의 취향에 어긋나는 행동을 한 여자친구에게 눈살이 찌푸려진 것이겠지요.

그런데 만약 질문자님이 친구들과 술자리에서 섹스에 관한 농담을 한다면, 여자친구라고 못 할 이유는 전혀 없습니다. 섹스에 관한 농담은 남성의 전유물이 아니니까요. 당연합니다. 하나, 만약 질문자님께서 이런 농담을 전혀 하지 않는 점잖은 분이라면, 여자친구의 농담쯤은 너그러이 받아주시기 바랍니다. 사실, 어느 정도 하는 건 재밌습니다. 이참에 섹스에 관한 고전인 헨리 밀러의 《북회귀선》도 읽어보고, 나보코프의 《롤리타》도 읽어보고, 장개충의 《금병매》도 읽어보시기 바랍니다. 여자친구가 기겁할 만큼 해박한 성 지식과 문학적 표현으로, 더욱 사랑받을 수도 있습니다. 아, 제 소설 《쿨한 여자》도 조금 야하긴 합니다. 헤헤.

매일 먹어도, 감자는 익숙해지지 않습니다. 이게 인생입니다.

친구의 친구를
사랑하게 됐어요.

스무 살이 되어 드디어 좋아하는 남자(편의상 'A'로 지칭)가 생겼어요. 그 애도 저를 좋아해요. 하지만 문제가 있어요. 바로 A의 친구가 저를 좋아한다는 거예요. 실은 그 친구를 통해 A를 알게 됐거든요. 친구와 연락을 주고받는 와중에, A에게도 연락이 왔어요. 연락을 주고받으며 점점 공감대가 쌓이고, 유쾌한 기분이 들어 결국 A를 좋아하게 되었다는 걸 깨달았죠.

그런데 A가 어느 날부터 연락도 안 되고 제 카톡도 귀찮아하기에 걱정이 됐어요. 알고 보니, 그 사람의 친구가 저를 많이 좋아해서 자기가 마음을 접기로 했다는 거예요. 어느 날은 술을 진탕 마시고 제게 "네가 내 여자친구였으면 좋겠어. 그런데 왜 우리 사이에… 휴" 하며 하소연하더라고요. 저는 그 사람을 아주 많이 좋아해요. 포기하고 싶지 않아요.

A

제가 고등학생 시절에 전국을 강타한 초유의 히트곡이 있었죠. 그 곡의 1절 가사는 이러합니다. 몰래 사랑했던 남녀가, 지금은 또 어느 누굴 사랑하고 있을까, 라는 내용의 곡이었습니다.

이 노래를 유치원생부터 칠순 노인까지 너나할 것 없이, 아니 한국어를 안다면 외국인까지 거리에서 부르고 다녔습니다. 왜 그럴까요? 바로 몰래 한 사랑이 뜨겁기 때문이죠. '믿음소망 사랑 중에 제일은 사랑이고, 사랑 중에 제일은 바로 몰래 한 사랑' 아니겠습니까. 로미오와 줄리엣이 왜 그리 열렬히 사랑했는지 아시나요? 그건 바로 몬태규 家와 캐플릿 家, 즉 양가문이 철천지원수여서 둘은 비밀연애를 할 수밖에 없었거든요. 이토록 장애는 사랑을 더 단단하게 하는 힘을 지니고 있습니다. 그러니 일단 스스로에게 물어보세요. 내가 이 사람을 장애 때문에 더욱 사랑하는 게 아니냐고요?

답을 얻기 어렵죠? 죄송합니다. 아마 못 얻을 거예요. 사랑에 빠진 사람에게는 1+2가 3이라는 간단한 말 외에는 그 어떤 이성적인 말도 죄다 시어詩語로 들리고, 자신이 겪고 있는 사랑의 고통을 정당화하고 미화하는 말로 들릴 뿐이잖아요. 그러니 어쩔 수 없어요. 답은 이미 정해져 있어요. 제가 무슨 말을 하더라도 둘이 사랑한다면 만날 테고, 둘이 진심으로 사랑하지 않는다면 둘 사이에 있는 친구를 핑계로 만나지 않을 거예요. 그러니 하고 싶은 대로 하세요.

서로 마음에 드는 사람 한 명 만나는 게 어찌나 어려운 일인지요. 외모가 마음에 들면 성격이 마음에 안 들고, 외모와 성격이 마음에 들면 취향이 너무 다르고, 이 셋마저 마음에 들면 먼 곳에 살고, 다 맞으면 이미 결혼을 했고…. 서로 동시에 좋아하는 사람을 만난다는 건 기적과 같은 일이에요. 정현종 시인은 〈방문객〉이라는 시에서 사람을 만나는 일에 대해 이렇게 썼어요.

사람이 온다는 건/ 실은 어마어마한 일이다./ 그는/ 그의 과거와/ 현재와/ 그의 미래와 함께 오기 때문이다./ 한 사람의 일생이 오기 때문이다./ 부서지기 쉬운/ 그래서 부서지

기도 했을/ 마음이 오는 것이다.*

　　다시 말하지만 마음이 가는 대로 하세요. 시들해지면 좋은 추억으로 간직하고, 마음이 입과 발길을 움직인다면 그에게로 가세요. 그래서 만나보고 '이게 진짜 사랑이다' 싶으면, 그 친구에게도 솔직하게 고백하세요. 사랑에는 항상 대가가 따른답니다. 친구도 마음 아프겠지만, 이해해줄 거예요. 저희 때에는 대부분 그랬어요. 요즘 학생들은 너무 보수적인 경향이 있어요. 그랬다간 일생 연애 못 할지도 몰라요. 그리고 제가 친구라도 이해할 거예요. 만약 이해 못 한다면, 어쩔 수 없어요. 친구 한 명을 잃고 사랑을 얻을 수밖에 없는 거예요. 그리고 남자가 친구에게 고백을 하지 않는다 해서 원망하지는 마세요. 때로 어떤 사람은 도덕적 죄책감을 느끼면 도저히 사랑을 시작할 수 없기도 하니까요. 그렇다면 그 사람과는 그저 인연이 아닐 뿐이에요. 그럼, 러브 & 피스.

---

*　　정현종 저, 《섬》, 문학판, 2015

소개한 곡은 김지애의 〈몰래 한 사랑〉입니다. 술 잔뜩 먹고 노래방에서 불러보세요.

30대 중반 남자의 마음을
알고 싶어요.

Q

거두절미하고 30대 중반 남자의 심리를 알고 싶습니다. 저는 20대 중후반 여성인데, 바위 같은 이 30대 남자의 심리도 모르겠고, 어떻게 접근해야 할지도 모르겠습니다. 적극적으로 대시도 하고, 좋아한다고 대놓고 말해도 '모르겠다'고만 합니다. 게다가 당최 제가 알아들을 수 없는 말을 합니다. 정말 저한테 마음이 없다고 생각하진 않는데, 제 착각일까요?

A

　30대 중반이니 최소한의 안정은 이뤘다고 가정해봅시
다(아니면, 이야기가 전혀 달라지니까요). 결혼을 하면 가족을 책
임져야 해서 정신없이 바쁜 시기이지만, 독신이라면 생활이
안정되면서 하나둘씩 무뎌집니다. 뭘 먹어도 비슷하고, 어딜
가도 비슷하고, 뭘 입어 봐도 결국은 비슷비슷합니다. 30대 후
반이 되면 이런 감정이 더 강렬해지고, 좀 빠른 남자는 30대
중반부터 이렇습니다. 예전에 흥분했던 것들에 점차 시들해
지고, 염증을 느끼고, 새로운 것에 대한 호기심도 줄어듭니다.
특히 이른 나이에 금전적 성공을 맛본 사람이라면, 이 염증의
시기가 남보다 일찍 옵니다.

　이런 사람의 공통점이 무엇일까요. 바로 인생이 귀찮아
진다는 겁니다. 세상은 별문제 없이 돌아갑니다. 먹고사는 문
제는 해결됐고 차도 생겼고, 이제 웬만한 장소에서 외식을 하
거나, 여행을 가는 것쯤은 '나 혼자' 하는 데 지장이 없습니다.

그렇기에 혼자서 뭔가를 하는 재미를 알아가고, 이런 것에 익숙해져갑니다. 과거에 친했던 친구들과는 서서히 '계급·취향 차이'가 나서, 자신과 취향·생활 수준이 맞는 이들과 유흥과 문화를 즐깁니다. 단적인 예가, 바로 '동호회 활동'이죠. 여하튼 자기가 즐기는 '취미의 세계'는 보다 공고해지고, 자신이 추구하는 철학과 세계관, 생활양식의 실천 또한 더욱 명확해지죠. 언어생활 역시 마찬가지입니다. 그렇기에 질문자님이 말씀하신 '당최 알아들을 수 없는 말'을 하곤 합니다.

이제 오늘의 문제에 집중해보죠. 이런 30대 중후반 남자의 연애는 어떨까요. 지독한 연애에 화상을 입어 이별한 지 얼마 되지만 않았다면, 동성이건 이성이건 간에 연애는 합니다. 문제는 연애의 방식이 20대 때와는 다르다는 겁니다. 이미 뜨겁고, 가슴 아린 사랑은 20대에 경험을 한지라, 상대에게 헌신할 열정이 듬뿍 남아 있진 않습니다. 30대는 편안한 사랑을 원합니다. 멋진 이벤트를 준비하고, 분위기 좋은 식당을 예약해서 풍선을 매달아 놓고, 둘만의 여행을 위해 가격 비교 사이트를 들락거리며 좀 더 값싸고 실용적인 여행 계획을 짜고, 사랑하는 그녀를 위해 손 편지를 쓰는 이런 일련의 행위에 지쳐 있는 상태입니다. 극단적인 남자는 '집에서 하는 데이트가 최고'라고 합니다. 물론, 이들도 근사한 식당에서 훌륭한 요리를 먹고 싶어하기도 하는데, 그때는 주로 자기들이 먹고 싶을 때입니다. 아니면, 사랑하는 이에게 멋진 곳에 데려와 훌륭한 음식을 사주는 '자신의 모습을 사랑'하기 때문이기도 합니다. 물론 극단적인 예입니다. 하지만 종종 이런 마음이 들 때가 있고, 이렇게 실천하기도 합니다.

자, 그러면 30대 중후반의 남자는 전혀 고백도 하지 않고, 연애도 귀찮아할까요. 전혀 그렇지 않습니다. 비록 매일 반복되는 일상이 지겹더라도, 마음에 드는 여성이 있으면 직접 고백도 하고 데이트도 열심히 합니다. 저도 그랬고, 제 친구도 그랬습니다. 20대 때만큼 열정적이진 않더라도, 내 마음을 표현하려고 합니다. 그리고 비록 내가 직접 표현할 열정이 줄었다 하더라도 괜찮은 사람이 고백을 했을 때, 굳이 거부하고 달팽이처럼 내 껍데기 안으로 들어가진 않습니다. 안 그래도 직접 고백하고 뭔가를 준비하기 부담스러운데, 괜찮은 사람이 고백해주면 얼마나 고맙겠습니까?

어느 정도 이해하셨죠? 네. 상대 남성은 신청자님에게 반하지 않은 것 같습니다. 앞으로 마음이 어찌 변할지는 모르겠지만, 현재까지는 그런 것 같아요. 사귀자니 안 내키고, 거절하자니 '미안하거나, 아까운 것' 같습니다. 그러니 작정하고 구애하거나, 아니면 '흥. 니 까짓게 감히 이래?'라며 (혼자) 차버리시길. (그런데, 후자는 어쩐지 정신승리 같네요. 흑흑.)

연애에 지쳤다는 그녀,
어떻게 해야 하죠?

Q

고등학교 1학년 때 사귀던 여자애가 있어요. 지금까지 그 아이처럼 진심을 다해 사랑한 사람은 없습니다. 그런데 그녀는 갑자기 이별 통보를 하고 연락 두절된 상태로 이사를 갔고, 그로 인해 저는 7년 넘게 사랑앓이를 했습니다. 그러다가 친구의 도움으로 일주일 전에 다시 만나게 됐습니다. 어색했지만 술을 마시다 보니 평범한 친구처럼 편히 얘기할 수 있게 됐어요.

그러다 제가 "나 아직도 너 좋아해. 우리 다시 시작할 수 없을까?"라고 적극적으로 대시했습니다. 그러자 그 아이가 딱 한 마디하고는 집으로 돌아가는 버스에 몸을 싣더군요. "연애를 굳이 해야 할 필요를 못 느끼겠어. 연애라는 것에 지쳤어"라고요. 이 친구에게 계속 다가가면 저를 부담스러워하고 또 밀어내진 않을까, 또 연락을 끊진 않을까 걱정이 됩니다. 어떻게 해야 할까요. 제가 계속 진심을 보여도 될까요?

A

아, 듣기만 해도 마음이 아프네요. 가슴이 사막처럼 갈라지고, 키보드가 눈물로 침수될 지경입니다. 이런 상황에도 답변을 거짓말로 할 수 없는 제 입장이 한스럽네요.

갑자기 이별 통보를 하고 연락이 두절됐다고 했지요. 그런 채로 7년 넘게 지내다가 이번에 재회를 했는데, 헤어지기 직전에 말했죠. "연애를 굳이 할 필요를 못 느끼겠어. 연애에 지쳤어." 이런 말씀을 드려서 죄송하지만, 전 여친은 질문자님에게 이성적 감정이 남아 있지 않은 것 같아요(어떡하죠. 주소라도 알려주신다면, 위로의 선물로 제 책이라도 보내드릴까요?).

그럼 질문자님은 어떻게 해야 할까요. 신세를 한탄하며 술독에 빠진 채로 살아야 할까요. 담담하게 현재 상황을 받아들이면서 미래를 도모해야 할까요. 둘 다 가능하지만, 전자는 몸이 너무 축나니 길게 보시기 바랍니다. 우선 현재 여자분의 마음을 헤아려주셔야 합니다. 연애에 지쳤다는 것은, 앞서 너무 혹독하고 질긴 연애를 했기 때문일 겁니다. 지독한 사랑을 겪은 후 남은 생채기로 아직도 아프고, 미열에 시달리고 있는 거겠죠.

이런 비유는 좀 그렇지만, 연애도 심하게 하면 노동이 됩니다. 노동을 하면 사람에게 휴식이 필요하듯, 지독한 연애를 하면 휴식을 취해야 합니다. 그렇기에 여자분은 이제 좀 쉬고 싶을 겁니다. 혼자만의 시간을 보내며 그간 못 했던 자기계발도 하고, 친구도 만나며 나름대로 치유와 충전의 시간을 갖고 싶을 겁니다. 그러고 난 후, 서서히 다시 누군가를 만날 힘을 스스로 채워내는지도 모릅니다.

이런 사이클을 겪는 사람들을 여럿 보았습니다. 저도 그랬고, 제 친구도 그랬고, 거의 모두가 그렇습니다. 연애가 끝나자마자 새로운 연애를 시작하는 연애의 화신들을 제외하곤 말이죠(물론, 연애가 안 끝났는데, 새로운 연애를 시작하는 사람도 있습니다만…). 그런데 여기서 신경 써야 할 게 있습니다. 이렇게 시간을 준 뒤 지켜보는 와중에, 갑자기 소식을 듣게 되죠. "나, 남자친구 생겼어!" 그럼, 질문자님은 깊은 허무에 빠집니다. '아니, 연애에 지쳤다고 하더니….' 그야말로, 할 말을 잃어버립니다. 글을 쓰다 보니, 저도 이런 경험을 했던 기억이 새록새록 솟네요.

그러니 이건 사람의 노력으로 되는 게 아닙니다. 노력하면 사랑을 얻을 수 있다. 이 말은 거짓말입니다. 물론 노력하지 않으면 사랑은 얻을 수 없습니다. 하지만 노력한다 해서 얻을 수 있는 것도 아닙니다. 사랑은 노력만 하면 생기는 근육이 아니까요. 그럼 어찌해야 할까요. 질문자님이 재회한 첫날에 적극적으로 대시했다고 했죠. 시간을 두세요. 서두르는 남자는 별로입니다. 너무 느려도 별로지만, 재회하자마자 "다시 사귀자!" 하는 건 어쩐지 가벼워 보이기도 합니다. 단, 그녀에게 서서히, 종종 연락하세요. 부담은 주지 말고요. 그리고 스스로 멋진 사람이 되려 하세요. 그러면 그녀가 연애할 기운이 생길 즈음, 어느 날 다시 외롭다고 느낀 날, 자신에게 마음을 표현한 사람부터 생각하게 됩니다. 바로, 질문자님이죠. 그때, 만약 질문자님의 매력이 그녀에게 통한다면 다시 커플이 될 수도 있는 겁니다. 그러나 제가 궁극적으로 드리고 싶은 말씀은 이겁니다. 갑자기 떠나고, 연락을 끊고, 재회를 해도 미적지근한 걸 보면, 현재는 별 마음이 없는 것 같아요. 그러니 할 때까지만 해보고, 안 되면 그러려니 해요. 이런 게 남녀관계예요. 소설 속 사랑, 저도 소설가지만 다 거짓말이에요. 소설과 영화에 속지 마세요. 다 쓰고 나니까, 더 죄송해지네요. 흑흑.

남친의 전 여친이
신경 쓰여요.

Q

어쩌다 남자친구의 페이스북을 통해, 전 여친의 페이스
북을 보게 됐어요. 2년 정도 사귀었고, 함께 찍은 사진도 많더
군요. 전 여친이 사진 찍는 걸 좋아했나 봐요. 문제는 둘의 사
진을 보고 난 후 전 여친과 저를 비교하게 됐다는 겁니다. 게
다가 과거의 둘을 상상하니 우울해지고 말았어요.

오빠가 사진을 찍자고 하면, 전 여친이 신경 쓰여서 거절
은 못 하는데요. 찍힌 사진을 보면 매번 마음에 들지 않아요.
저는 볼살이 많아서 사진에 예쁘게 나오지 않거든요. 그래서
자꾸 예전 그들의 모습과 현재 제 모습을 비교하며 스트레스
를 받게 됩니다. 혹시, 자존감을 높이면 이 스트레스에서 벗어
나게 될까요? 어떡해야 할까요?

A

자존감을 높이려면 모두 이렇게 하라고 합니다. '자신을 사랑하라'. 네, 이렇게 하면 됩니다. 참 쉽죠? 하지만 이 말은 굉장히 무책임하기도 합니다. 자존감이 낮아진 이유가 바로 '타인에 비해 초라하고, 별 볼 일 없어 보이기 때문'인데, 어떻게 나를 사랑합니까?

그러니 이 말을 현실적으로 하면 이렇게 바뀝니다. '자신을 사랑할 수 있는 사람으로 바꾸어라'. 하지만 이런 말을 모두 하길 꺼립니다. '저는 도저히 사랑할 수 없는 사람이거든요'라고 읍소하면, 미안해지고 숙연해지기까지 하니까요. 그렇기에, 제가 현실적으로 드릴 수 있는 말은 이겁니다. '최대한 나 자신을 사랑할 수 있는 사람으로 바꾸자'.

질문자님의 경우 어떻게 해야 할까요? 죄송하지만 볼살을 빼야 합니다. 그럼 볼살을 빼려면 어떻게 해야 할까요. 입

꼬리 올리기 운동, 볼풍선 만들기, 입으로 '아, 에, 이, 오, 우' 모양 만들기, 볼 스트레칭, '페이스 슬리밍 크림' 사용하기 등을 해야 하는데, 참 바보 같죠? 그러니 파워블로거들이 광고 수입을 올리기 위해 여기저기서 퍼온 게시물 따위 믿지 마세요. 일말의 진실이 있지만, 저대로 해서 웬만해선 안 빠집니다. 이런 비유는 죄송하지만, 볼살은 바퀴벌레 같은 존재입니다. 인류가 멸종해도 바퀴벌레는 살아남듯, 거의 모든 살이 빠져도 볼살은 남아 있습니다. 그러므로 '볼살'은 단순한 '볼살의 문제'가 아닙니다. '극기의 문제'입니다.

저도 볼살을 뺀 적이 있습니다. '나 자신을 이기는 운동'을 약 10개월에서 1년 정도 꾸준히 했습니다. 채식 위주로 식사를 하고, 마라톤 풀코스 완주를 위해 1년간 꾸준히 달리니까 그제야 볼살이 빠졌습니다. 무슨 볼살 따위로 '극기'를 해야 하느냐, '그냥 이렇게 살겠다!'라고 생각하시면, 정말 잘 생각하신 겁니다. 정말 그대로 사는 게 훨씬 편합니다. 모든 건 마음먹기에 달려 있다고, 그냥 볼살이 붙어 있는 내 자신을 사랑하기로 결심하는 게 볼살을 빼기로 결심하고 실천하는 것보다 훨씬 쉽기 때문입니다. 하지만 그래도 이런 나를 사랑할 수 없다 싶으면 운동화 끈을 매고, 아침마다 풀을 썹으며 저처럼 한번 살아보시기 바랍니다(저는 오늘도 두부와 샐러드로 아침을 때웠습니다).

인생은 이토록 어려운 것입니다. 정신 승리를 하거나, 육체적 승리를 해야 합니다(그러니, 가급적이면 그냥 볼살이 붙은 내 모습을 사랑하십시오. 저도 이게 안 돼서 매일 달리기를 하는데 아, 힘듭니다, 헉헉). 그리고 가장 중요한 점. 현재 남자친구가 택하고, 사랑하고, 함께 있고, 포옹하고, 입 맞추는 사람은 그의 전 여친이 아니라, 바로 질문자님입니다. 남자친구는 분명 질문자님에게 매력을 느꼈기에 사귀었을 겁니다. 그 점을 잊지 마세요.

끝으로 모든 사람의 현재는 과거로 인해 생긴 것입니다. 질문자님이 사랑하는 남자친구의 현재 모습 역시 남자친구가 겪은 과거로 인해 형성된 것입니다. 그러니, 그가 걸어온 옛길도 존중해주기 바랍니다.

좀 지질하지만, 그래도 전 여친이 신경 쓰이면 페이스북에서 전 여친을 '차단'해버리세요. 그러면 마치 이 세상에 존재하지 않는 사람처럼 보이지도 않고, 있는지조차 잊게 될 겁니다.

사람에 대한 기대가 없는데
결혼해도 될까요?

Q

막연히 결혼이 하고 싶기는 한데, 좋은 사람을 만나지 못할 것만 같아요. 지금까지 만나온 사람들이 돌이켜보면 괜찮은 구석이 없었거든요. 앞으로도 그럴까 봐 두려워요. 누군가를 만나는 것에 대한 기대감도 점차 낮아지고요. 하지만 결혼은 하고 싶은데… 과연 제가 제대로 할 수 있을까요?

A

봅시다.

질문자님의 문제를 보아하니 좌면우고하는 경향이 있고, 신중한 면이 있는 걸 보니 일단 혈액형은 A형으로 사료되며, 과거의 상처들을 간직하고 있는 점을 염두에 둘 때 별자리는 물병자리로 추정되오니, 지난 30여 년간의 물병자리 A형의 인구통계학적 속성과 점성술, 토정비결 등을 종합 판단컨대, 내년 봄 귀인을 만나 성대한 혼인식을 치르리라 예상됩니다.

…라고 결론지으면 저도 좋겠습니다만 제가 지리산 백운도사도 아니고, 어찌 질문자님의 결혼 여부를 맞힐 수 있겠습니까. 질문자님 역시 답답하고 불안한 마음에 물은 것이라 이해하고, 질문을 제가 답할 수 있는 방식대로 바꾸어보겠습니다.

"과거에 이러저러한 인간들을 만나 상처를 받았고, 그 결과 인간에 대한 기대와 애정이 없어졌는데, 과연 결혼해도 될까요?"

이 질문이라면 답할 수 있습니다. 왜냐하면 제가 이런 존재였거든요. 저는 상당히 염세적인 인간이었습니다. 어릴 적부터 수업시간에 듣는 '진리'라 여겨지는 모든 것에 의심을 품었고, 이 세상은 어디에나 구린 것들로 가득하다는 신념으로 살아온 사람입니다. 당연히 인간에 대한 기대는커녕 실망과 체념만 가득했습니다. 이런 저도 결혼을 했으니, 질문자님도 할 수 있을 거라는 말은 하고 싶지 않습니다. 다시 말하지만 그걸 제가 어떻게 압니까?

단, 제가 드릴 수 있는 말씀은, 한 명의 인간이 세상에 대한 염증을 느낀 채 오래 살아보는 시간은 필요하다는 것입니다. 저는 사람들이 무척 싫었습니다. 공공장소에서는 시끄럽게 떠들고, 지하철에서는 밀치고 사과도 않고, 인터넷에서는 심장을 후벼파는 말을 아무렇지도 않게 해대고, TV에서는 상대 외모를 깔보며 낄낄대고, 억지 웃음과 최루성 눈물을 쥐어짜게 하는 영화가 천만 관객을 달성하는 이 세상이 저열해 보였습니다. 당연히 이런 세상을 가능케 하는 무심하고 이기적인 사람들도 싫었습니다. 하여 겉으로 드러내진 않았지만 꽤 오랜 시간, 사람들과 담을 쌓고 혼자서 지냈습니다.

은둔자처럼 지낸 것이지요(글을 썼으니, 그 시간을 그럭저럭 버틸 수는 있었습니다). 1, 2년간은 즐거웠고 3, 4년간은 해볼 만 했습니다. 4, 5년째엔 익숙해졌습니다. 물론, 서서히 말수도 줄고, 웃음도 줄긴 했습니다. 그런데 8, 9년이 지나 10년이 지나니, 결국 삶에서 소중한 것이 몇 가지 중 결코 빼놓을 수 없는 것이 바로 사람이라는 걸 깨닫게 됐습니다. 불이 꺼진 텅 빈 방에 들어와 소파에 덩그러니 누운 채 멍하니 관심도 없는 TV 모니터에 몇 시간째 시선만 두고 있을 때, 세상에서 가장 중요해 보여 몇 달 내내 매달려온 장편소설 마감을 마침내 끝낸 다음 날 아침 눈을 떴을 때, 아무런 할 일이 없는 어느 아침 지겹도록 반복되는 하루가 또 시작됐다는 걸 알았을 때, 나의 내면처럼 암흑이 내린 집에서 잠을 자는 것조차 성가시게 느껴져 불면으로 허송세월하고, 일주일에 몇 번이나 새벽 동이 터오는 것을 뻑뻑한 눈으로 볼 때, 저는 '사람이 그립다'는 생각을 했습니다.

그리고 나도 어쩌면 결혼을 할지도 모르겠다고 여겼습니다. 자의건 타의건 무인도 같은 곳에서 로빈슨 크루소 같은 일상을 살아본 사람만이, 사람의 소중함을 온몸으로 느낄 수 있겠구나, 하고 깨달았습니다. 제 이야기라 부끄러워서 줄이

겠습니다.

결혼은 나라는 하나의 지구가 완전히 다른 또 하나의 행성과 결합하는 것입니다. 빅뱅이지요. 충돌이 없을 수 없습니다. 결혼생활의 관건은 이 충돌을 어떻게 최소화하고, 이 혼돈을 어떻게 감당하느냐 하는 것입니다. 이 결합은 각자의 별들이 얼마나 고독을 견뎌왔느냐에 달려 있습니다. 아득하고 끝이 없을 것 같은 고독의 우주를 통과해온 별들이어야 다른 별을 간절히 만나고 싶어지는 겁니다.

그러니 만약 지금 세상과 사람이 싫다면 인간에 대한 기대가 낮다면, 그 시간에 침잠해서 지내보시길. 언젠가는 자연스레 사람을 만나고 싶어질지도 모르고, 그때가 되면 질문자님도 다른 별을 맞이할 준비가 되어 있을 테니 말입니다.

3 장

관 계

사람

사귀는 게

버거워요.

가벼운 인간관계가
적응이 안 돼요.

Q

대학교의 가벼운 인간관계에 적응이 안 돼요. 정말 친한 몇 사람과 같이 있는 게 좋은데, 대학교에서는 그게 안 돼요. 만나야 할 사람도, 거쳐야 하는 사람도 많아요. 이런 관계보다 마음을 터놓을 수 있는 몇몇 사람과 지내고 싶은데 그럴 수 없을까요?

A

　제 답이 무책임하게 들릴 수도 있지만, 친하게 지내고 싶지 않은 사람과는 친하게 지내지 않으면 됩니다. 이런 점에서 인생은 심플합니다. 물론 여기에는 의지가 필요합니다. 때로 우리의 자아나 의지는 낙엽과도 같아서 바람이 부는 대로 이곳저곳에 휩쓸려 다닙니다. 그러다 보면 질문자와 같은 고민을 겪기도 합니다. 하지만 이런 고민을 대학생활에서만 접하는 건 아닙니다.

　저는 지난 몇 년간 결혼식에 참석하지 않았습니다. 여동생이 '부디 내 결혼식에는 와달라'고 사정을 할 만큼 참석하지 않았습니다. 그러나 몇 번의 결혼식은 어쩔 수 없이 참석했습니다. 바로 사정한 여동생의 결혼식(두 번이나 참석했습니다. 여동생이 결혼식을 두 번 올렸습니다)과 친척들 결혼식입니다. 친척의 결혼식도 사촌 이내로 엄격히 제한해 참석했습니다. 그러다 이 칼럼을 연재하는 동안, 제가 결혼을 하고 말았습니다. 제 결혼식에는 오는 데 부담을 느낄 사람들은 초대하지 않았습니다. 사촌 이내의 친척과 제가 아주 예전에 참석했던 결혼식의 주인공들만 초대했습니다. 그렇다 해서 제 대인관계가 얕거나, 곤경에 처했을 때 모두가 저를 외면할 정도의 삶을 살지는 않았습니다(지난달에도 아는 형이 천만 원을 빌려준다 했습니다). 한국 사회, 아니 어찌 보면 이 세상은 지나치게 많은 사람들과 관계 맺기를 종용합니다. 마치 대기업의 문어발식 확장처럼, 이 사람 저 사람 많이 사귀어 두고 별로인 사람들은 소생 가능성이 없는 사업체처럼 정리하길 강요합니다. 그런 문화에 휩쓸릴 필요도 없고, 휩쓸리지도 말기 바랍니다.

물론, 여기저기 따라다니면서 선배들이 사주는 공짜 술을 즐길 수 있다면 이야기는 달라집니다. 그렇다면 취할 수 있을 때(가급적이면 공짜 술로), 잔뜩 취하시기 바랍니다. 취직을 하면 야근으로 몸이 상하고 시간도 없어져, 취해지기도 어렵습니다. 그런 게 아니라면 모든 인간관계를 잘해내려고 욕심 내지 마시기 바랍니다. 정치를 할 생각이 아니라면(그렇다면 웃음을 팔고, 표를 얻으십시오), 모든 사람과 웃으며 지낼 필요는 없습니다. 저는 모든 사람과 웃으며 지내는 것이 오히려 가식적일 수 있다고 생각합니다. 진심으로 대한다면, 어떤 사람에게는 무표정하고, 어떤 이에게는 화를 낼 수도 있는 겁니다. 그러므로 솔직한 얼굴과, 솔직한 어투로 잃어버릴 것은

잃어버리십시오. 지금 잃어버리지 않고 수집한 관계는 어차피 10년이 지나면 자연적으로 소실됩니다. 지금 마음이 가고, 관심이 가는 사람과의 관계 역시 10년, 20년이 지나면 세월에 녹슬지 모릅니다. 그러므로 좀 더 마음이 가는 사람에게 좀 더 많은 시간을 쏟아부어 그 관계가 세월에 으스러지지 않도록 하세요. 지인 백 명보다 친구 한 명이 인생에서는 더욱 따뜻한 위로가 됩니다. 가능하다면 한 명이 아닌 두 명, 두 명이 아닌 세 명이 좋겠지요. 그렇지만, 그 수를 너무 늘리려 하지 마세요. 인간에겐 누구나 하루에 24시간이, 1년에는 365일이 주어져 있기 때문입니다. 시간은 이처럼 공평합니다. 좋아하는 친구를 일주일에 한 번 만난다 쳐도, 쉰 번 정도 만나면 1년이 끝나버립니다.

분가를 한 저는 일주일에 한 번 어머니를 만나 1시간 정도 식사를 합니다. 이렇게 노력을 해도 저희 어머니는 66세이시기에, 90세까지 산다 해도 여생 동안 저와 함께할 시간은 고작 7주에 불과합니다. 이렇게 보면 생은 정말 짧습니다. 소중한 인연과 함께할 시간도 많지 않습니다. 그러니 포기할 건 포기하고, 소중한 사람들과의 시간에 집중하시기 바랍니다. 그러고도 시간이 남는다면, 제 소설을 사 읽으시기 바랍니다. 《시티투어버스를 탈취하라》가 재밌습니다. 도움이 될지 모르겠습니다만《풍의 역사》도 재밌습니다).

어쩌다 보니 예전에는 "인생이 매우 길다"고 썼는데, 이번에는 "인생이 매우 짧다"고 썼네요. 변명하자면, 관점 차이입니다. 기준에 따라 인생은 짧기도, 길기도, 심플하기도, 복잡하기도 합니다. 제 변명이 이해되지 않는다면 제 소설 《쿨한 여자》를 읽으시기 바랍니다(관점에 따라 도움이 될 수도, 안 될 수도 있습니다. 마치 인생이 짧기도, 길기도, 심플하기도, 복잡하기도 한 것처럼요).

눈엣가시 같은 동기,
어떻게 대하면 좋을까요?

Q

저는 의대생입니다. 동기 중에 도무지 마음에 안 드는 애가 있어요. 전공을 밝힌 이유는 의대생은 정해진 동기들과 같은 수업을 아침 8시부터 오후 5시까지 매일 들어야 하기 때문입니다. 피할 수가 없습니다. 제가 말씀드리는 친구는 상대를 배려하지 않고 은근슬쩍 자기자랑을 하는 유형입니다. 도서관에 갈 때마다 번호를 따인 적이 너무 많다느니, 부티나게 생긴 자신에 비해 상대는 가난해 보인다느니…. 직접적으로 그애한테 고쳐보라고 말하려 했지만, 쉽게 바뀔 것 같지 않고 괜히 사이만 틀어지면 앞으로 몇 년이나 더 봐야 하는데 고생만자초한 일이 될까 봐 고민입니다.

A

이런 말씀 드려 죄송하지만, 세상에는 모기가 존재합니다. 여름이면 정말이지, 귀찮아 죽겠습니다. 저희 집은 새집인데도 방충망 구석이 헐거운지 모기가 계속 들어옵니다. 모기향도 피우고, 이불도 꽁꽁 덮지만 아침이면 언제나 물려 있습니다. 새벽에 불을 켜고 모기를 잡고 나면, 잠이 깨버려 밤을 새우기도 합니다. 마찬가지로 이 세상에는 똥통도 있고, 자기 뱃속을 채우기에 바쁜 정치인도 있고, 재미없는 영화도 있습니다. 교조적인 소설도 있고, 정신 분열에 일조하는 음악도 있습니다. 요컨대, 이 세상에는 모기 같은 녀석들이 존재한다는 말입니다.

직장생활을 할 때, 상사 때문에 괴로웠던 적이 있었습니다. 저와 대화를 하지 않았기에, 모든 의사소통을 이메일로 했습니다. 예컨대, "오후에 시간 있으신지요?" 같은 5초면 끝날 대화도 이메일로 보내야 했습니다. 물론 답장이 언제 올지 모릅니다. 이런 상태로 우리는 아침 8시부터 저녁 6시까지 주 5일을 함께했습니다. 야근도 함께했고, 오래전에는 해외 출장도 함께 갔습니다. 당시 저는 너무 심한 스트레스를 받아 과민성 대장 증후군을 앓았습니다. 그 탓에 아직도 고생하고 있습니다. 직장을 그만두고 난 후 '아아. 이제 사람 때문에 고생할 일은 없겠군' 하고 소설가 생활을 기대했습니다. 하지만 문단에도 골치 아픈 사람들이 있었습니다. 술을 강요하는 선배, '문학은 이래야 한다, 저래야 한다!'(프로필은 측면으로 찍어야 한다)고 '개똥 철학'을 강요하는 선배, '네 글은 똥이다'는 식으로 험담하는 선배까지, 다양한 얼굴과 다양한 목소리를 한 모기 같은 존재들이 있었습니다. 그리하여 문단에 얼굴을 내비치지 않기로 결심하고, 혼자서 조용히 작업하기 위해 이사를 했습니다. 그런데 이번에는 진짜 모기가 저를 괴롭혔습니다. 물론 그사이에 차마 이 지면에 소개할 수 없는 갈등도 있었습니다.

그러니 이렇게 생각하시기 바랍니다. 이 세상에는 모기 같은 존재가 있다. 인간의 영역으로는 존속 가치를 이해할 수 없는 심원하고 귀찮은 차원의 존재가 있다. 그것은 쓰레기장 같기도 하고, 똥통 같기도 하고, 하수 처리장 같기도 하지만, 없을 수는 없는 것이다. 이 세상 어딘가에는 반드시 냄새나고 구린 곳이 있듯이, 인간들 중에도 편협하고, 상대를 짜증 나게 하는 녀석들이 있다. 그런 녀석들로부터 도망쳐서 딴 데로 가 봐야, 결국 다른 얼굴과 다른 목소리를 한 같은 종류의 녀석들이 있을 것이다. 실제로, 제 경험상 그러했고, 이를 저는 '모기 상존常存의 법칙'이라 부릅니다.

짜증 날지 모르지만, 모기는 인류와 함께합니다. 하지만 이를 받아들이면 세상사는 당연해집니다. 우리는 모기와 토론을 하지도, 모기에게 질투를 내지도 않습니다. 동기에겐 미안하지만 '아, 저 친구는 저렇게 살아가는 존재구나' 하고 받아들이면, 화가 나지도 섭섭하지도 않을 겁니다. 묘하게도 이렇게 포기하고 지내다 보면, 또 사람이 좋아지기도 합니다. 왜냐하면 완전한 악인은 없기 때문입니다. 기대를 버리고 지내다 보면, 동기의 좋은 점도 하나둘씩 발견되어 모기와 친구가 되는 묘한 경험도 하게 될지 모릅니다. 단, 적당한 거리를 유지하시기 바랍니다. 피를 빨리면 안 되니까요.

인간관계에서 무엇보다 중요한 것은 적당한 거리입니다. 부부지간에도 말이죠(그래서 전 신혼이지만 아내랑 10센티미터 떨어져 잔답니다. 아내가 땀이 많아서 그런 건 아니에요. 호호호).

친절한 것과
오지랖이 넓은 것의
차이가 뭘까요?

Q

저는 부탁을 거절 못 하는 성격입니다. 도움에 응한 후,
고맙다, 친절하다는 이야기를 들으면 굉장히 좋습니다. 하지
만 동시에 오지랖 넓다, 미련하다는 말도 많이 듣습니다. 타인
의 힘을 덜어주려고 한 행동인데 이런 말을 들으면 참 속상합
니다. 때문에 종종 제 친절이 과했던 게 아닌가 하는 생각도
합니다. 친절한 것과 오지랖 넓은 것의 차이를 알아서, 꼭 필
요한 도움만 주고 싶어요.

A

친절하시다니 우선 급한 제 부탁부터. 헉헉. 제 소설《풍의 역사》와《능력자》와《쿨한 여자》를 읽고, 아름다운 서평 좀…. 헤헤, 장난입니다. 본인 입으로 친절하다고 하면, 저 같은 파리 떼가 꾈 수 있으니, 장점이긴 하지만 너무 광고하지는 마시길.

그나저나 도움을 줬는데, '오지랖 넓다'는 반응을 접하면 굉장히 속상하시겠습니다(설마 도움을 요청한 사람이 이런 말을 하진 않았겠지요. 그렇다면 수고비를 청구하세요!).

자 그럼 오늘의 핵심인 '친절한 행위'는 무엇이고, '오지랖이 넓은 행위'는 무엇일까요. 일단 저는 타인이 내게 도움을 요청해서, 그 도움에 응한 경우는 '친절한 행위'의 범주에 속한다고 봅니다. 그렇기에 도움을 요청한 사람이 나중에 마치 화장실 갈 때랑 나올 때 다르듯이 "미련하군, 자네. 참" 하는 건 파렴치하다고 생각하는 거죠. 그런데 제 친구는 이렇게 정의하더군요. '자신이 할 수 있는 범위 내에서 도움을 주는 것'은 친절에 해당하고, '자신이 할 수 없는 일까지 무리해서 돕는 것'은 오지랖 넓은 것에 해당한다고요. 이것 역시 일리 있는 견해라 생각합니다. 사전은 이렇게 말해요. '오지랖 넓다: 1.쓸데없이 지나치게 아무 일에나 참견하는 면이 있다. 2.염치 없이 행동하는 면이 있다'. 자, 그렇다면 간단하죠. 내가 주는 도움이 과연 '쓸 데 있느냐' 하는 것이 핵심입니다. 아울러 도움을 준다면서, 타인의 사생활을 참견하며 사사건건 이래라저래라 사견을 늘어놓는 것은 '오지랖 넓은 것'에 해당합니다.

아, 쓰고 나니까 복잡하네요. 이럴까 봐 제가 몇 가지 예를 떠올려봤습니다. 예컨대 기숙사에서 옆 방 학생이 바퀴벌레를 좀 잡아달라고 하면, 조용히 들어가서 단도직입적으로 "어디죠?" 하고 물은 뒤, 깔끔하게 잡고 처리한 뒤 "그럼, 전이만" 하고 물러나면 친절한 겁니다. 그런데, 여기서 "근데, 라면 먹고 가라는 말은 안 하시나요?"라고 묻거나, "위생 상태를 보니, 쥐도 있을 것 같은데 온 김에 쥐도 잡을까요?" 따위의 말을 늘어놓는 건 '오지랖 넓은 것'에 해당합니다.

제 경우에 독자들이 책을 잘 사주고, 잘 읽어주고, 나름의 비평까지 블로그에 올려주는 건 '상당한 친절'에 해당하

지만, 좀 더 나아가 '이 작가는 앞으로 이런 방향으로 작품을 써야 한다!', '이 작품을 이렇게 쓴 것은 온당치 않다!'는 식으로 제 작품 세계까지 바꾸려 하는 것은 '오지랖 넓은 것'에 해당합니다. 저는 대부분의 작업을 커피숍에서 하는데, 배고플 때 주인장이 '빵 두세 조각' 정도 쓱 건네주는 건 감사하지만, 다이어트 중일 때 '괜찮다'며 사양하는데도 굳이 제 음식까지 잔뜩 차려주는 건 '오지랖 넓은 것'에 해당합니다. 그러면, 저는 또 어쩔 수 없이 밤에 혼자서 달리기를 해야 하거든요. 어렵지요.

핵심은 이겁니다. 상대가 원하는 선까지만, 도움을 줄 것. 상대가 원할 때까지만, 함께 있어줄 것. 상대가 원하는 만큼만, 대화할 것. 더 어렵네요. 상대가 도대체 '어디까지 원하는지' 파악하는 게 어려우니까요. 맞아요. 사실은 이게 핵심이에요. 그래서 친절은 '눈치'가 필요한 것이에요. 친절은 내가 주고 싶은 대로 베푸는 게 아니라, 상대가 받고 싶은 만큼만 제공하는 것이니까요. 내 기분이 아니라, 상대의 기분을 살피는 것. 사실 이게 친절의 8할이에요. 그래서 친절에는 깊은 배려가 필요한 겁니다.

이번 주는 저도 못하면서, 말만 잔뜩 늘어놓았네요. 이런 게 오지 랖 넓은 짓이지요.

엄마가 남자친구를
탐탁지 않아합니다.

Q

학생 때 대외활동을 하다 만난 남자친구는 현재 직장인입니다. 그런데, 엄마가 싫어하세요. 처음에는 나이 차 때문에 싫어하는 줄 알았는데, 사실은 그의 외적 가치 때문이었어요. 오빠 집이 부유한 편이 아니거든요. 단도직입적으로 "오빠가 맘에 안 드냐?"고 물으니 그렇다네요. "그럼 헤어져야 하냐?"고 물으니 그러라고 대답했습니다.

남자친구는 저에게 둘도 없이 소중한 사람인데, 많이 서운했어요. 저랑 많은 일들을 겪어왔고, 서로 맞추기 위해 노력한 과정 하나하나가 소중해요. 그래서 제가 결혼할 사람은 스스로 결정하게 해달라고 했더니, 제 말 속에 담긴 가치관이 맘에 안 드셨나 봐요. 엄마와 갈등이 생겼어요. 제게 기대가 큰 것은 이해를 합니다만 제 삶을 엄마가 대신 살아주진 않잖아요. 이 상황을 어떻게 풀어야 할까요?

A

자식 사랑하지 않는 부모가 어디 있겠습니까? 인류를 저버린 사람들 빼고는 모두 자식을 사랑합니다. 하지만 모두가 성숙한 방식으로 사랑하진 않습니다. 자식이 성장하면 부모도 자식을 대하는 방식을 이에 맞춰야 하는데, 그러지 못하는 경우가 많습니다. 특히 동양, 중동, 아프리카에서, 아니 실은 모든 부모가 그래요. 정도의 차이예요.

어머니께서 남자친구와 헤어지라고 하셨죠. 죄송하지만 감히 말씀드리건대 어머니께선 질문자님을 남자친구와 헤어지게 할 권리가 0.0001%도 없습니다. 어머니께서 질문자님을 이 세상에 태어나게 하고, 길러주시고, 사랑을 베풀어주셨지만, 그것과 연애는 별개입니다. '아니, 어째 0.0001%의 권리도 없느냐?!'고 누군가 반문한다면, 다시 말씀드리겠습니다. '0.00000000001% 아니, 0%의 권리도 없습니다.' 너무 냉정한 게 아니냐 해도 어쩔 수 없습니다. 그게 현실입니다. 그저 어머니의 바람일 뿐입니다.

당연히 어머니이니까, 질문자님이 가능하면 잘생기고 현명하며 부유하고 친절하며 배려심 깊고 화목한 가문의 사람과 결혼하길 바랄 겁니다. 그런데, 그런 바람과 현실을 혼동하여 끝없이 '조금 더 나은 사람' '조금 더 괜찮은 사람' 하며 자식에게 자신의 욕망을 투영하는 건, 결국 '자식과 부모의 관계를 해칠 뿐'입니다. 지면에 싣기 위해 고민을 추리긴 했지만, 사실 제가 받은 메일은 상당히 길었잖아요. 그게 이미 질문자님의 마음에 상처가 가득하고, 모녀관계가 어느 정도 상했다는 걸 방증합니다.

자, 그럼 어떡해야 할까요. 결론부터 미리 말씀드릴게요. '자식 이기는 부모 없어요.' 결국은 질문자님이 원하는 사람과 사랑하고, 가정도 꾸리게 될 겁니다. 그 과정에 부모님은 그저 자신의 의견을 이런저런 식으로 '표현'하는 것일 뿐입니다. 일종의 투정이라 생각하세요(너무한가요. 부모도 성장통을 겪는답니다). 얼마나 아깝겠습니까. 제가 요즘 아들이 태어나서 밤잠을 설치며 두 시간마다 우유를 먹이고, 똥 싼 기저귀를 갈고, 제 손에 똥을 묻혀가며 아들 엉덩이를 씻기는데, 아마 어머니도 이렇게 고생하며 키우셨을 겁니다. 그러니 아쉬운 마음에 이런 말을 하시는 걸 겁니다.

결국은 질문자님의 뜻대로 됩니다. 정말 유별난 부모를 빼고는 거의 모든 부모가 그렇습니다. 처음부터 받아들이는 부모가 있고, 한참 후에 받아들이는 부모가 있을 뿐입니다. 시간 차이입니다. 저 역시 아내랑 연애할 때, 장모님이 저를 달갑지 않게 생각하셨습니다. 하지만 지금은 '아들처럼' 여기고 대해주십니다.

이런 말씀 드려 죄송하지만, 부모도 성숙하는 시간이 필요합니다. 어떤 부모는 자식의 연애를 받아들일 준비가 되어 있지만, 어떤 부모는 연애를 하며 이미 행복한 자식을 굳이 자신의 기준에 맞춰, 그 행복을 수치로 전환하려 합니다. 물론, 부모님 말씀에 틀린 건 없습니다. 돈이 없으면 인생이 불편합니다. 그건 맞는 말이에요. 그렇지만, 그 불편은 질문자님이 선택한 거잖아요. 그리고 물질적 편리가 인생의 절대적 행복을 담보하지도 않습니다.

그러니 어머니를 기다려주세요. 시간이 지나면 '깨달으시거나, 포기하실 겁니다.' 그 시간 동안 아름다운 사랑을 하세요. 단, 엄마와의 마찰은 피하고요. 어차피 시간은 질문자님의 편이니까요. 그리고 솔직히 말하세요. 상처받았다고 말이에요. 그리고 이해해줄 때까지 기다릴 거라고 하세요. 그러면 결국 엄마는 엄마니까, 질문자님이 원하는 '진짜 행복'을 바랄 거예요. 네. 이건 시간문제예요.

부모님과 대화할 때
어디까지 털어놔야
하는 건가요?

Q

부모님과 23년째 같이 살고 있어요. 시기마다 부모님과 나누는 대화가 다른데, 아무래도 이제 제가 성인이다 보니 모든 주제에 관해서 부모님과 허심탄회하게 대화하기가 어려워 졌습니다. 특히 성性 문제가 그래요. 여자친구와의 관계에 대해 꼬치꼬치 물으시지만 자세하게 말할 수 없습니다. 걱정돼서 그러시리라 생각도 하고, 또 제게 관심을 표현하시는 것도 알겠지만, 민망하기도 하고, 간섭받는 기분이 들어서 일일이 대답하고 싶진 않아요.

먼저 살갑게 말 걸지도 못하는데, 걸어오시는 말에도 대답을 잘 안하려고 하는 제가 불효자 같아 그러지 말아야지 생각하지만 막상 잘 안 됩니다. 지금 적절한 방법을 알아두지 않으면 평생 죄송한 마음 반, 자유롭고 싶은 욕망 반으로 살 것 같습니다. 팁을 주세요, 작가님.

A

국어사전은 대화를 '마주 대하여 이야기를 주고받음. 또
는 그 이야기'라고 정의합니다. 이 정의대로라면, 질문자님과
부모님은 성性에 대해 서로 이야기를 '주고받아야' 하죠. 예컨
대 "아들아, 요즘 여자친구와 모텔은 몇 번 가니?" "아버지는
어머니와 일주일에 몇 번 하세요?" "콘돔은 꼭 쓰거라." "네, 아
버지. 안 그래도 저는 써보니 듀렉스가 좋더라고요. 아버지도
아직 안 묶으셨으면 듀렉스 쓰세요. 제 책상 서랍 둘째 칸에
쓰고 남은 것 있어요." 만약 이렇게 대화를 나누면 처음에는
얼마간 민망하겠지요. 그렇지만 어느 정도 시간이 지나면 오
히려 아버지와 서로 친근해질 수도 있습니다(어머니의 경우에
는 시간이 좀 더 걸리고, 좀 더 어렵겠지요. 하지만 잘 헤쳐나가실 거
예요. 이런 사연도 보내셨으니. 자, 파이팅!). 하던 말로 돌아가자
면, 어쨌든 질문자님께서는 지금 부모님과의 대화에 부담을
느끼고 있습니다. 엄밀히 말하자면 질문자님과 부모님이 펼
치고 있는 게 '대화가 아니기 때문'입니다.

즉, 질문자님은 부모님과 '문답' 내지 '질의응답' 시간을 보내고 있는 거죠. 부모님께서는 당연히 자식이니 걱정이 되기도 하고, 궁금하기도 해서 묻고 싶은 맘이 있겠죠. 하지만 대화라는 건 하나의 주제를 두고 서로 동등하게 이야기를 풀어놓는 겁니다. 그러니, 아주 이상적인 입장에서 해결책을 말씀드리자면 부모님께도 '성性'에 대해 자유롭게 질문하라는 겁니다. 하지만 (이런 고민을 보내셨으니) 아마 성격상 대답하는 것도 질문하는 것도 버거우리라 예상됩니다. 그럼 현실적으로 어떡해야 할까요? 잠시 제 이야길 할게요. 저 역시 같은 일을 겪었거든요.

저희 아버지께서는 제가 스무 살 때부터 "어서 빨리 자버리라고, 이 자식아!" 하며 여러 번 독촉하셨습니다. 성격이 굉장히 와일드하셔서 지면의 품격상 싣지 못할 소리도 여러 번 하셨죠. 절 한심한 녀석 취급하곤 했죠. 제가 바로 질문자님과 같은 심정이었습니다. 아버지 앞에서 저의 성생활에 대해 꼬치꼬치 늘어놓기가 참으로 쑥스럽고, 발가벗겨지는 것 같은 기분이었죠. 그때마다 저는 매번 이렇게 말했습니다. "아버지. 저를 성인으로 생각하시니까, 이런 걸 물어보시는 거죠?" "그래. 이 자식아. 그러니 어서 자버리라고!" "네. 성인으로 생각해주시니, 성인인 만큼 제가 현명하게 결정해서 행동하도록 하겠습니다. 염려 끼치지 않을 테니, 스스로 행동할 수 있도록

존중해주시면 감사하겠습니다." 이런 식의 대화를 20대 초반에 몇 차례 나눴습니다. 그리고 자연히 이런 대화는 서서히 줄었죠. 30대 후반이 되니(그리고 아버지도 60대 후반이 되니) 어느 누가 먼저랄 것도 없이, 자연스레 거리낌 없이 대화하게 되었습니다. 그러니 이건 시간이 좀 걸리는 문제예요. 법적 성인이 됐다 해서 갑자기 "자, 오늘부터 우리 가족은 저녁 테이블에서 섹스에 대해 대화합시다!"라고 극적으로 전환시킬 수 없는 문제입니다. 그러니 '대화에 시간이 좀 걸리는 저를 이해해 달라'고 부모님께 정중히 말씀드리세요. 아마 분명히 이해하실 겁니다. 성질 급한 저희 아버지도 이해하셨으니까요. 물론 그때에도 이렇게 대답하긴 하셨지만요. "그래도 어서 자버리라고! 무조건 많이 자야 해!"

그때 제 대답은 뭐였나고요? "아버지 저 실은…." 비밀입니다. 헤
헤헤.

아버지와 어색해요.

Q

저는 대학 3학년 남학생으로, 이제 곧 4학년이 됩니다. 취업 준비를 앞두고 한창 마음이 심란한 차에 제 마음을 더 심란하게 하는 일이 있습니다. 바로 아버지가 너무 오래 집에 계시다는 것입니다. 아버지는 최근에 은퇴하여 집에서 제2의 인생을 보내고 계십니다. 틈만 나면 저에게 말을 걸곤 하시는 데요, 주로 하시는 말은 "밥은?" "취업 준비는 어떻게 돼가니?" 입니다. 처음에는 짧게라도 대답하려고 했지만, 뻔하고 답도 없는 문제라 이제는 딱히 대답할 말도 떠오르지도 않습니다.

아버지와의 서먹한 사이는 중학교 때부터였습니다. 아버지는 주말에도, 공휴일에도 회사에 시간을 바쳤고 아버지와의 접점이 점점 없어진 저는 아버지를 어색해하기 시작했습니다. 이미 다 커버린 때에 아버지와 어떻게 친밀감을 회복해야 할지 고민이 됩니다. 이런 제가 이상한 걸까요?

A

제가 즐겨 읽는 기욤 뮈소의 소설《파리의 아파트》에 이런 문장이 나옵니다.

"아버지는 아들에게 사랑을 주는 가장 숭고한 존재이자 가장 폭력적인 존재이다."*

흥미 위주의 대중소설임에도 불구하고, 기욤 뮈소의 이런 통찰이 담긴 문장을 볼 때마다 깜짝 놀라곤 합니다. 강하게 공감해요. 아버지는 자식들에게 사랑을 주는 양육자이자 보호자 동시에 권력자이자 훈육자입니다. 그러니 아버지에 대해서는 양가의 감정을 가질 수밖에 없습니다. 특히 아들과 아버지의 관계는 더욱 그러합니다. 아버지의 입장에서 이성인 딸에게는 가혹해질 수 없지만, 자신과 같은 조건을 가

---

* 기욤 뮈소 저, 양영란 역,《파리의 아파트》, 밝은세상, 2017

진 아들에게는 좀 더 엄격해집니다. 마치 사자나 독수리가 자식에게 가혹한 것처럼 말이죠. 그렇기에 대개 부자지간은 서먹합니다.

아들이 철이 들어 질문자님처럼 머리로 모든 걸 이해하는 단계에 이르면, 더욱 복잡한 감정이 됩니다. 이성으로는 이해하지만, 심정적으로는 도무지 아버지와 친밀해지지 않는 게 이 때문입니다. 이는 사실 지구촌 모든 부자간의 과제입니다.

저는 아버지와 비교적 좋은 관계를 유지했습니다. 함께 맛집을 찾아다니고, 술도 간혹 마시고, 단둘이 홍콩과 필리핀 그리고 오키나와까지 여행을 갈 정도였습니다. 물론 즐겁기만 한 건 아니었습니다. 당연하죠. 연인이 가득한 오키나와의 푸른 바다 앞에서 수영복을 입고 어색하게 서 있는 부자의 모습을 상상해보십시오. 좋은 관계라고 해봐야 이자카야에 가면 그저 말없이 각자 술을 따라 마시는 정도였습니다. 숙소에서 일어나 커피숍을 가면 각자 다른 테이블 앞에 앉아서 서로 창밖 바다를 바라보며 혼자만의 시간을 보내곤 했습니다. 그럼에도 저는 그때의 부자관계가 좋았다고 기억합니다. 지금은 1년에 예닐곱 번 만나는 게 고작이니까요. 만나도 한두 시간을 넘기지 않습니다. 즉, 1년에 열 시간 남짓 보는 사

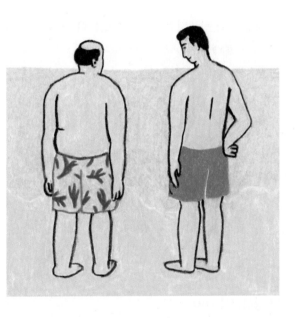

이가 돼버렸습니다. 이거 쓰다 보니까 아버지 나이가 칠순이 넘었으므로 제가 반성을 하게 되는데, 그럼에도 하고픈 말을 하겠습니다.

부자관계는 원래 이런 겁니다. 어느 누군가의 마음이 완전히 돌아서 관계가 끊어지지만 않는다면, 다소 서걱거리더라도 어색한 대화를 주고받는 게 정상입니다. 저는 이게 자연의 순리라고 생각합니다. 아버지와 둘이 평양냉면을 먹으러 다니고 맛 좋은 한우를 찾아다닐 때엔, 가게 주인장들이 "형제 같다"는 농을 치기도 했습니다. 물론, 손님 기분 좋으라고 하는 말이겠지만요(아버지는 젊어 보인다고 좋아했고, 저는 늙어 보인다고 싫어했습니다. 그때마다 계산은 아버지가…). 그런 말을 듣던 사이도 결국 시간의 인력引力에 끌리어 무력하게 각자의 위치로 돌아가게 됩니다.

사람은 자랍니다. 특히 2, 30대의 생각은 자주 바뀝니다. 반면 60대 이상은 잘 바뀌지 않습니다. 즉 2, 30대 청년은 매일매일 성장하고 60대 이상은 매일 자신이 쌓아온 가치관을 보존하려 투쟁합니다. 그러기에 나날이 커가는 자녀들이 볼 때, 부모의 생각이 고루하고, 정치관은 편협해보이고, 세계관은 정체돼 보입니다. 어쩌면 맞을지도 모릅니다. 하지만 부모 역시 같은 생각을 하며 살아왔을 겁니다. 자신의 부모와 불편

174

을 겪으며 말이죠.

저는 이제 아이를 키우는 아빠가 됐습니다. 그래서 종종 생각합니다. 언젠가 제 아들도 저를 어색해할 것이라고요. 그렇기에 변화를 계속 받아들여 발전하는 외부의 도덕적 기준과 가치관을 흡수하되, 그럼에도 저를 어색해하는 아들을 인정하고자 합니다. 섭섭하겠지만 어쩌겠어요. 그게 인간의 본성이자, 세상의 이치인걸요. 그러니까, 아버지와 어색하다는 질문자님이 이상한 건 결코 아닙니다. 다만 표면적으로 어색하더라도, 내면에 벽을 두껍게 쌓아두지는 마시기 바랍니다. 그리고 질문자님도 언젠가는 같은 처지에 놓일 수 있다는 생각으로 좋은 사람이 되려고 신경 써보시길.

상대가 변하길 기다리는 것보다, 내가 변하는 게 언제나 빠르니까요. 타인의 부족함을 발견하면 그건 내 우월함을 증명할 근거가 아니라, 나 역시 크게 다르지 않은 인간이기에 나아져야 할 근거를 다시 확인하는 것이니까요. 그럼 겉으로는 어색하더라도, 마음으로는 따뜻하게 아버지와 지내시길. 그것도 나쁘지 않아요. 피스.

왜 가족에겐
더 많이 화내게 되는 걸까요?

Q

저는 정말 가족을 사랑하고 아끼는데, 왜 직접 대면하면 짜증이나 화를 내게 되는 걸까요?

가족에게는 더 엄중한 잣대를 적용하는 것 같아요. 더 사랑하기 때문에 그러는 거라고 나름대로 결론을 내려보지만, 이게 맞는 걸까요? 이 못된 마음을 고쳐먹고 싶은데 어떻게 해야 할까요?

A

인간이 이루는 공동체는 많습니다. 국가, 도시, 직장, 교회, 동아리, 가족…. 이 중 가장 깊은 애증의 공동체가 가족입니다. 가족은 운명 공동체이기 때문입니다. 그렇기에 내 가족이 기대대로 되면 '안도하고', 기대대로 안 되면 '좌절하는 것'이죠. 중요한 것은 내 바람대로 됐다 하더라도 '만족하지 않는다'는 겁니다. 그래서 가족관계는 어렵습니다.

유독 가족에게 엄중한 잣대를 적용하는 게 '더 사랑하기 때문'일 것이라고 짐작하셨는데, 동의합니다. 저 역시 그렇게 생각합니다. 하지만 그 사랑의 표출이 의도치 않은 방향으로 되는 것 같습니다. 시간이 지나면 좀 더 차분해지겠지만, 지금은 시간이 없으니 일단 어떻게 해야 할지 말해보죠. 이건 철저히 제 사견일 뿐이지만요.

인간은 왜 가족에게 더 자주 화내고, 짜증을 낼까요? 저는 바로 '기대'와 '의존감' 때문이라 생각합니다. 내 가족이기 때문에 '더 나은 사람이길 바라는 기대' '더 이해해주길 바라는 기대' '더 편안하게 대해주길 바라는 기대' 같은 무수한 바람이 가족에게 지워집니다. 사회생활을 할 땐 나이스하고, 예의도 바른 사람이 집에 가면 별안간 다른 사람이 됩니다. 분명, 사회에서 만나는 사람들에게는 큰 기대를 하지 않습니다. 그렇기에 그들은 언제나 '나이스'합니다. 그러나 집에 들어가는 순간 '아, 피곤에 지친 나를 가족들이 이해해주겠지' '다른 사람은 몰라도 내 가족은 내 성격을 받아주겠지' 이런 마음으로 들어서기에 변하는 겁니다. 문제는, 다른 가족 구성원 역시 이런 마음을 가지고 있다는 거죠. 그러면 어떻게 됩니까. 당연히 충돌이 일어납니다. 그리고 충돌은 대개 '이해심이 깊은 사람의 사과' 혹은 '시간'으로 해결되거나, 무마됩니다. 대개 부모나, 더 사랑하는 쪽이 져주죠.

그리고 사람은 가족에게 '의존'합니다. 인간이 모든 포유류 중에서 성장하기까지 가장 많은 보살핌을 요하는 동물이기 때문일 겁니다. 고래나 노루, 개나 고양이 등 무수한 동물들은 출생 후 몇 개월 지나지 않아 부모의 도움 없이도 살아갈수 있습니다. 하지만 인간은 출생 후 몇 년이 지나야 겨우 스스로 걸어 다닐 수 있을 정도가 됩니다. 자연히 가족에게 '의존'하는 경향이 몸에 배어 있습니다. 그리고 자식을 키운 부모

역시 '보상 심리'로 자식이 다 자랐을 때는 '의존'하게 됩니다. 이러한 두 가지 심리가 뒤섞여 '높은 기대'는 좌절되고 '의존 의식'이 충족되지 않을 때, 가족에게 실망하고 짜증 내고 나아가 분노하게 되는 겁니다(다시 말하지만, 제 사견일 뿐입니다).

그래서 저는 가족에게 '아무런 기대도 하지 않습니다'. 정말이지 '아무런 기대도 하지 않습니다'. '작가 양반! 가족을 타인으로 생각하는 게 아니오?'라고 하실지 모르지만, 저는 한국 사회의 이런 지나친 기대가 가족관계를 해쳐왔다고 생각하기에, 너무하다 싶을 만큼 기대를 않습니다. 되도록 의존도 하지 않으려 합니다. 단지 한 가정의 가장으로서 노동과 집안일을 하고, 아들로서의 역할을 할 뿐입니다. 이게 다입니다. 이외에는 현재까지 살아오면서 깨달은 해결책이 없습니다. 조금은 외롭지만, 어찌 보면 이게 나 외의 타인을 존중하는 방식입니다. 그럼 잘 버티시길.

그나저나, 그럼 우릴 무얼 얻느냐고요? 영국의 비평가 존 러스킨의 말로 답을 대신합니다.

"우리의 노력에 대한 가장 값진 보상은 노력 끝에 얻는 무엇이 아니라, 그 과정에서 만들어지는 우리 자신의 모습이다."

친구가 자꾸
약속에 늦어요.

Q

약속 시간에 자주 늦는 친구가 있습니다. 늦을 때마다 스트레스를 받아서 어떻게 대처해야 할지 모르겠습니다. 친구와는 고교 2학년 때 같은 반이 된 후 10년이 지난 지금까지 인연을 유지하고 있는데, 고등학생 때는 학교에서 자주 보고 주말에는 아주 가끔 만났기에 지각을 자주 한다고 생각 못 했습니다. 물론 그때에도 만날 때마다 2, 30분씩이나 지각을 하곤 했습니다. 그러다 스무 살이 넘어서는 멀리 떨어져 지내기에 1년에 두세 번 겨우 만나고 있는데요, 이 소중한 만남에도 꼭 2, 30분씩 지각을 합니다. 이제는 지각을 할 때마다 저와의 약속을 가벼이 여기는 게 아닌가 하는 의심이 들어 화가 납니다. 이 친구와 절교를 하지 않는 이유는 지각 빼고는 장점이 많기 때문입니다. 유쾌하고 재밌고 정도 많습니다. 이 지각하는 버릇, 어떻게 하면 고쳐줄 수 있을까요?

A

뜨끔하네요. 이건 마치 제 이야기 같네요. 물론, 저는 질
문자님이 아니라, 친구입니다. 제가 학창시절부터 지각을 자
주 해서, 안 서본 벌이 없습니다. 교문에서부터 교실까지 오
리걸음으로 하도 걸어서 장딴지가 축구 선수 수준으로 굵어
진 건 기본이고, 정문에서 벌을 너무 심하게 받은 나머지 그
만 지쳐버려 수업시간에는 졸았던 기억밖에 없습니다. 그러면
또 존다고 혼나고. 아침에 지각해서 벌 받은 데다 수업시간에
졸아서 벌받았으니까 지쳐서 또 오후에 졸고, 그러면 또 혼나
고⋯⋯. 마치 뫼비우스의 띠처럼 악순환을 끊임없이 반복하다
졸업했습니다. 물론 대학에 가서도 지각하고, 입사해서도 지
각을 했죠. 신입사원 때에는 자고 있는데, 팀장님이 "왜 회사
에 안 오냐?"고 전화를 해서 시계를 보니 오전 11시였습니다.
출근 시간이 8시 반인 회사였는데 말이죠. 시계를 보는 순간,
과장을 조금 보태자면 등에 식은땀이 폭포처럼 쏟아지고, 전
기충격 같은 전율이 온몸에 느껴졌습니다. 그럼에도 요즘 인

터뷰를 할 때면 "어이쿠, 기자님. 죄송합니다. 늦고 말았습니다"라고 사과부터 하며 식은땀을 흘리며 나타납니다.

쓰고 나니 제가 정말 한심해 보이네요. 그래도 요즘엔 늦지 않으려 노력합니다. 왜냐하면 제가 주인공인 행사가 많거든요. 적게는 수십 명, 많게는 백 명 이상의 청중이 기다리는 강연을 한다든지, 방송에 출연한다든지, 제가 행사의 사회자인 경우에는 일찍 도착하려 노력합니다. 즉, 저의 지각으로 무수한 사람이 피해를 받을 경우에는 늦지 않으려 상당히 신경을 씁니다. 그런데 기억해보니 몇 달 전에 충주에서 하는 행사에 무려 1시간 반을 늦어버렸네요. 아, 이거. 정신을 차리고 살아도 이렇게 한심하게 지각을 합니다.

자, 제가 무슨 말을 하려는지 아시겠죠. 지각꾼들은 쉽게 안 바뀝니다. 마음을 다잡고, 스스로 자신이 못났다고 자책을 하고, 지각 때문에 머리를 땅바닥에 박고 목이 부러질 것 같은 경험을 하고, 심지어 정말 부끄럽게 서른 넘은 직장인이 고작 지각 때문에 "어린애냐?" 따위의 소리를 듣더라도, 좀처럼 바뀌지 않습니다. 그렇다면 어째야 할까요?

문제는 결코 질문자님에게 있지 않습니다. 친구에게 있습니다. 그 친구의 문제를 받아들여주십시오. 문제점 하나둘

없는 인간은 없습니다(물론 전 한두 개가 아니지만…). 저 친구는 '생체리듬의 어딘가가 더뎌서, 아무리 외출 준비를 제때 시작하더라도 하다 보면 늦어버리는 유형이다'. 이렇게 생각하시기 바랍니다. 변명 같겠지만, 제가 그렇거든요. 결코 약속 상대를 얕보거나, 만남을 우습게 봐서 그런 게 아닙니다. 어딘가 설명하기 어려운 이유로(지각하면 머리를 땅에 박는다는 걸 알고 있으니, 당연하죠), 준비를 하다 보면 늦어버리고 마는 겁니다.

여기서 선조들의 지혜를 떠올려봅시다. 우리 조상들은 '초록은 동색이요, 가재는 게 편'이라 했고, 중국에서는 '유유상종'이라 했고, 함무라비 법전에는 '이에는 이, 눈에는 눈'이라 했습니다. 네. 그래요. 질문자님도 늦게 나가십시오. 기다리면서 초조해하고 억울해하지 마시고, 천천히 나가면서 여유롭게 거리의 풍경도 보시고, 유유히 걸으면서 케겔 운동도 하십시오. 마음 건강도 챙기고 괄약근 건강도 챙기고, 얼마나 좋습니까.

행여 친구보다 더 늦으면 어쩌나 하는 걱정 따윈 하지 마십시오. 친구가 먼저 나와 기다린다면…. 드디어(!) 역지사지로 질문자님의 입장을 고려해볼 기회가 생기는 셈입니다. 그리고 지각하는 사람들의 마음을 아는데, 대개 지각꾼들은 상대가 늦게 나오면 고마워합니다. 왜냐하면 내가 항상 늦어서 누군가가 기다리고 있으면 초조한데, 상대마저 비슷하게 늦으면 마음이 편해지기 때문입니다. 그러니 질문자님도 늦게 나가면 '누이 좋고 매부 좋고, 도랑 치고 가재 잡는 일'입니다. 그저 '아, 저 친구랑은 늦게 보는 게 자연스러운 거구나', 이렇게 여기면 그만입니다. 혹시 압니까. 익숙해지면 그 친구와의 만남을 '유일하게 지각할 수 있는 기회'라 여기며 즐기실지도.

단, 다른 약속에는 질문자님의 원래 모드로 돌아오시길.

추신

써놓고 보니, 균형을 유지하는 게 쉽지 않겠네요. 잘하시리라 믿습니다. 원래는 약속 시간을 중히 여기시는 분이시니까요.

한국 사회의 사람들이
싫어지고 있어요.

Q

학생 때는 몰랐는데, 직장인이 되고 나니 세상에 좋은 사람이 별로 없는 것 같아요. 사회생활을 하며 자기 권력을 이용해 아랫사람을 부려먹거나, 타인의 고통에 무감각한 사람들을 수없이 보았어요. 의도적으로 타인을 괴롭히거나 따돌리는 것도 목격했고요. 이런 일로 퇴사하는 친구도 있었어요. 요즘은 바로 뒷사람에게 연기가 가는데도 걸어가며 계속 담배 피우는 사람이나, 지하철에서 고성으로 떠드는 사람을 보면 사람은 나이가 쌓인다 해서 반드시 성숙해지는 건 아니라는 걸 절감합니다. 결국 사람은 나이가 들수록 이기심이 강해지는 게 아닌가 하는 생각도 들어요. 저까지 그렇게 될까 봐 답답합니다. 물론 좋은 사람도 있지만, 시간이 갈수록 점차 줄어드는 것처럼 느껴져요. 정말 그럴까요?

A

　매우 답답하신 것 같군요. 마음이 황무지처럼 말라가는 게 느껴집니다. 우선 이 말씀부터 드릴게요. 지금 하신 고민은 굉장히 건강한 것입니다. 삶을 충실하게 살아보려는 이라면 누구나 할 수 있는 고민입니다.

　세상에는 분명 훌륭한 사람과 그렇지 못한 사람이 있습니다. 이는 어느 사회나 마찬가지입니다. 다만, 차이점은 그 비율이 얼마만큼이냐, 그리고 전반적인 분위기가 어떠하느냐 정도입니다. 제 생각은 이렇습니다. 우리 사회는 매우 압축적이고 비극적인 근대사를 겪었습니다. 불과 60여 년 전에 목숨을 건지기 위해 서로 밀치고 헤치며, 피난 열차와 배에 몸을 실었습니다. 소신껏 말 몇 마디 하면 총을 맞기도 했습니다. 제가 어린 시절인 1980년대에만 해도 말 잘못하면 끌려간다는 이야기를 일상적으로 했습니다. 게다가 한국전쟁 이전에는 일제강점기를 겪었습니다. 즉, 우리 사회는 '나 한 몸 챙기기에도 벅찼던 역사'를 얼마 전에 탈출한 것입니다. 배려하고 챙겨주고 질서와 예의를 지키다 보면, 어느 순간 내게 남은 것은 없고, 피해를 보기 일쑤였습니다. 그래서, 저는 한국 사회에서 예절과 배려에 대해 좀 더 성숙한 문화가 갖춰지기 시작한 것은 2000년대에 접어들어서고 나서였다고 여깁니다(물론 제 기준의 예절이요). 좀 다른 예지만 우리는 1990년대까지 '저작권'을 존중하지도 않았습니다. 창작자의 노고가 담긴 결과물을 아무렇지 않게 훔쳐 쓰면서, 그런 것까지 '배려'할 만한 사회적 여유가 없었던 것이죠.

제가 학창시절에 배낭여행을 가서 제일 놀란 사실이 뭔지 아세요? 유럽의 건축물과 박물관, 그들의 유구한 역사가 아니라 바로 부딪히면 '미안하다'고 말하는 사람들의 태도였습니다. 이게 왜 충격이었을까요? 제가 학생 때는 한국에서 그 누구도 길을 가다 어깨를 부딪치면서도 사과하지 않았거든요. 사과는커녕 고개를 돌리지도 않고 가던 길을 계속 갔습니다. 더 충격적인 것은 미국에서 타인과 눈이 마주치면 다 눈웃음을 짓고, "안녕하세요?" 하며 인사를 한다는 것이었습니다. 우리의 상황은 설명 안 해도 아시겠죠. 그런데 저는 놀라운 일을 겪었습니다. 어느 순간부터, 서울에서도 부딪히면 사과를 하는 것이었습니다. 그렇습니다. 사회는 변합니다. 세상은 그 속도가 느리거나 빠를 뿐이지, 분명히 변합니다. 그리고 개인은 어떨지 모르겠지만, 적어도 사회는 정치적으로는 올바른 방향으로 진보합니다. 그게 바로 제가 관찰하고 경험한 하나의 뚜렷한 진실입니다.

물론 그 발전 속도와 질이 개인 입장에서는 흡족하지 않을 수 있습니다. 그러나 분명한 것은 우리 사회 역시 조금씩 살기 좋은 방향으로 나아가고 있다는 것입니다. 도덕적 기준이 높아지고, 배려의 범위가 넓어져갑니다. 무수한 예를 들 수 있지만, 지면 관계상 생략하겠습니다. 불과 마흔을 갓 넘긴 제가 느끼기에도 많은 변화가 있었습니다.

자, 그렇다면 이제 고민을 좀 더 발전적으로 해야 합니다. 결국, 질문자님 같은 사람들이 무언가를 하나둘씩 실천할 때, 더 나은 세상이 오니까요. 그렇다면 어찌해야 할까요? 네. 맞아요. 지금 하고 계신 고민에서부터 출발하는 겁니다. 그래서 제가 서두에 '건강한 고민'이라고 말씀드린 겁니다. 그리고 스스로 좋은 어른이 되려고 노력해야 합니다. 언젠가 질문자의 후배가 "우리 선배 세대는 엉망진창이에요!" 하며 고민할지 모르니까요. 개인적 실천에 대해서는 다른 친구가 비슷하게 질문한 적이 있습니다. 그 답변을 참고해보시기 바랍니다 (254쪽 〈어찌해야 좋은 어른이 될까요?〉 편).

저는 이런 질문을 한 사람이라면, 기본적으로 좋은 사람일 것이라 생각합니다. 자신은 배려를 하는데, 타인이 그러지 않아서 억울해하는 거니까요. 그러니 하시던 대로 계속하시길. 세상은 결국에는 좋아집니다. 다만 시간이 걸릴 뿐입니다.

단, 부탁드리고 싶은 게 있습니다. 내 기대에 못 미친다 해서, 타인을 혐오하지는 마세요. 몇몇 볼썽사나운 개인이 특정 그룹에 속해 있다 해서, 그 집단 전체를 수준 이하라고 일반화하지 마세요. 이런 편견이 결국은 우리 사회를 병들게 한 지역감정과 무수한 집단 혐오정서를 낳았으니까요.

결론지을게요. 사람은 변합니다. 나이를 먹으며 육체가 노화해 물리적으로 변하고, 경험이 쌓이면 생각이 변합니다. 예전에 독일에서 만난 한 외국인 친구는 제게 이런 말을 했습니다.

"사람들은 모두 변해. 그렇다고 남을 탓할 수도, 나를 탓할 수도 없어. 단지 우리는 그때마다 자신의 'Best Version'으로 변하면 되는 거야." 이 이야기는 제 에세이 《베를린 일기》에 나와 있습니다. 《꽈배기의 멋》이라는 산문집에는 이렇게 썼습니다. "사람은 변화에 무력한 존재니, 기왕 변할 것이면 좋게 변하자. 내가 변하듯 독자도 세상도 변할 테니, 함께

좋은 방향으로 변해 같이 성장하고 늙어가자." 저도 조금이라도 나은 방향으로 변해볼게요. 그러니 질문자님도 함께 나은 방향으로 변해가요. 그리고… 아시죠? 진정한 생활의 지혜는 제 책 속에 있다는 걸. 하하하. 그러니《베를린 일기》와《짜배기의 멋》과《풍의 역사》와… 아니, 다 사서 보시길(그게 제가 바라는 진정한 변화!).

실은 저도 고민이 있는데요. 왜 사람들이 점점 책을 안 사고, 빌려서 읽을까요. 과연 세상이 나아지고 있는 걸까요? 흑흑.

4장

미래

무슨

일을 하며

살아야 할까요?

무슨 일을 하며 살아야 할까요?

Q

제 고민은 무엇을 하고 싶은지 모르겠다는 겁니다. 내년 8월에 졸업을 앞두고 여러 회사에 지원을 하고 있습니다. 그런데 막상 무슨 일을 하고 싶은지 모르겠다는 고민이 항상 뒤따릅니다. 이 일을 생각할 때는 이 일이 좋은 것 같고 다른 일을 떠올려 볼 때는 다른 일이 좋은 것 같고….

무슨 일을 좋아하는지 어떤 걸 앞으로 하고 싶은지 모르니까 방황 아닌 방황을 하는 것 같아요. 하고 싶은 일을 어떻게 하면 알 수 있을까요?

A

오늘은 제 사연을 한번 들어보실래요? 제가 어떻게 질문자님에게 답을 보내게 됐는지 말이에요. 저는 소설가지만 소설가가 되고 싶어서 된 건 아닙니다. 이런 말을 하면 '문학을 우습게 보느냐?!'고 항의할지 모르겠지만, 마땅히 할 일이 없어서 소설가가 된 것입니다. 직장을 본의 아니게 그만두게 되니(이 사연을 말하자면 너무 기니까 넘어가죠), 막상 제 손에 들린 건 퇴직금으로 지급된 석 달치 월급 600만 원과 검고 투박한 노트북 한 대뿐이었습니다. 저는 어린 시절부터 막연하게 영화감독이 되고 싶었기에, 과연 600만 원으로 영화를 찍을 수 있을까 고민하다가 '영화 따위야 안 찍어도 어차피 살아갈 수 있잖아'라고 쿨하게 포기한 게 아니라 '아아, 이 600만 원을 써버리면 생활비가 안 남잖아!'라며 울며 겨자 먹기 식으로 돈이 안 드는 일을 택하기로 했습니다. 당시 제 월세가 65만 원 정도였으니, 이래저래 아껴 쓰면 딱 7개월 정도 일을 하지 않고 살 수 있었습니다. 그러니까 아무런 유흥도 즐기지 않고 정말이지 밥에 김치만 먹으면 7개월 정도는 버틸 수 있는 상황이었습니다. 다행히 김치 정도는 부모님 집에서 가져다 먹을 수 있었습니다. 그래서 과연 돈이 안 드는 일이 무얼까 생각해보다가, 제 유일한 자산인 검고 둔탁한 노트북을 활용하기로 한 것입니다. 그래서 소설을 쓰게 됐습니다(물론, 그 즈음 제 내면에는 '글을 써볼까' 하는 생각도 있었습니다. 자세한 사연은 〈작가가 되고 싶어요〉 편 참조. 214쪽). 그러다 운 좋게 7개월 안에 작품이 당선돼 소설가로서의 삶을 시작했습니다.

막상 소설가로서의 삶을 시작하니, 어려움이 이만저만이 아니었습니다. 일을 하기 위해선 (전기세와 커피 값만 있으면 되니) 돈이 들지는 않았지만, 돈이 들어오지도 않았습니다. 신인 소설상을 수상해 상금 700만 원을 받아서 그걸로 또 1년을 버텼습니다. 이번에는 밥에 김치에 국물 정도를 먹으며 1년을 버텼습니다. 버는 돈이 없으니, 시간을 보낼 때에도 돈이 안 드는 일을 할 수밖에 없었습니다. 결국 데뷔한 첫해 내내 소설만 썼습니다. 그러고 나서 다음 해에 장편소설 《능력자》로 상금 3천만 원을 받았습니다. 그때부터 조금씩 '아, 이게 내 직업이구나'라고 생각하고 이때까지 써오고 있습니다. 그리하여 질문자님의 고민을 듣고 이 글까지 쓰게 된 겁니다.

종종 사람들이 질문합니다. "작가님은 하고 싶은 일 하

고 사니, 좋으시겠어요?" "하고 싶은 일 하고 사는 사람은 행복한가요?" 혹은 이 질문을 건너뛰고 묻습니다. "저도 제가 좋아하는 일을 하고 싶은데, 어떻게 해야 하죠?" 이렇게 묻기도 합니다. "저는 하고 싶은 일이 없는데 어떻게 해야 하죠?" 질문 자님처럼 말입니다. 제 대답은 간단합니다. 인생은 살아가는 게 아니라 살아지는 겁니다. 하고 싶은 일이 있으면 하고 싶은 일을 향해 정진하면 되고, 하고 싶은 일이 없으면 그저 순리대로 닥쳐오는 상황을 해결하며 살아가면 됩니다.

소설을 쓰다 보니, 상당히 고통스러웠습니다. 독자들은 험담하고, 공들여 쓴 작품은 외면받고, 먹고살기 위해 쓴 작품은 우연찮게 잘 팔려 또 비난을 받고… 아름다운 문장은 쓰기 어렵고, 생각한 아이디어는 구현이 안 됐습니다. 하지만, 꾹 참고 1년, 2년, 3년, 4년, 그렇게 7년째 쓰다 보니, 이제 재미를 알아가고 있습니다. 이야기를 직조하고, 아침의 고요한 시간에 외면적으로는 평화롭지만 내면적으로는 활기차게 글을 쓰는 시간을 사랑하게 됐습니다. 저는 모든 일에 나름대로의 매력과 고충이 있다고 생각합니다. 그러므로 저처럼 순리대로 기회가 주어진 일을 마다 않는 것도 나쁘지 않다고 생각해요. 아무것도 하지 않는 것보다는 아무것이라도 하는 게 백번 옳으니까요.

하고 싶은 게 없을 때는 제 소설 《능력자》를 읽어보세요. 별 도움
이 안 될지 모르지만, 그저 책이 안 팔려서 추천해봤어요.

이제 와서 전공과 다른 일을
하고 싶어요.

Q

사회복지학과에 다니는 스물세 살 대학생입니다. 뚜렷한 목표 없이 성적에 맞춰 전공을 정했는데, 저에게 맞지 않았어요. 그러다 우연히 화장품 회사에서 진행하는 대외활동을 하게 됐는데, 이게 너무 재밌었습니다. 저에게 딱 맞는 일이었죠. 결국 화장품 관련 소셜 마케터가 목표가 되었습니다.

그런데 화장품 회사는 전공 관련자를 선호하더군요. 화장품 홍보 마케팅을 배운 적도 없고, 화장품 성분을 제대로 배운 것도 아니고, 특별한 기술도 없습니다. 그래서 다른 화장품 마케터 지망생들에 비해 많이 뒤처져 있어요.

졸업 후, 화장품 마케터가 되는 데 필요한 기술을 배우기 위해 다시 해당 전공을 택해 전문대에 입학해야 할지 고민입니다. 너무 늦은 걸까요?

A

아, 이제는 어떻게 해야 화장품 마케터가 되느냐는 질문도 오는군요. 언젠가는 '달러 환율이 올라서 걱정이에요' '택연의 패션 센스가 안쓰러워요' 같은 질문의 메일이 올까 봐 두렵습니다.

그럼에도 저는 질문자님의 절실함을 이해했습니다. 여러 메일 중에 유독 이 고민을 외면할 수 없었습니다. '도대체 화장품 마케터가 되려면 어째야 하는 거야?!' 저조차 눈앞이 캄캄해졌습니다. 판사, 검사, 아나운서, 심지어 위생병이 되는 교육 기관은 있어도, '화장품 마케터'를 길러주는 데는 없지 않습니까. 때문에, 연재 담당자가 '하하! 작가님 이런 고민도 있습니다'라며 재미로 건네준 메일에 저는 깊이 고민하지 않을 수 없었습니다(제 입으로 말씀드리기 뭣하지만, 저는 이처럼 독자의 고민에 깊이 공감하는 소설가입니다. 참고로, 제 고민은 책이 팔리지 않는다는 겁니다).

거짓말 안 보태고 꼬박 사흘간 고민했습니다. 그러다 문 득 제 과거가 떠올랐습니다. 저는 사실 영화감독이 되고 싶었 습니다. 어린 시절부터 줄곧 그랬습니다. 하지만 아버지의 반 대가 너무 심해("딴따라가 되겠다는 거냐!"), CF를 15초짜리 영 화라 생각하고 신방과로 진학했습니다. 하지만 선배들의 조 언을 듣고 난 후("광고의 목적은 상품 판매지, 예술이 아니라고. 바 보 자식아!"), 저의 착각을 후회했습니다. 그리하여 한 줄 카피 만 써서 먹고사는 카피라이터가 되기로 했습니다. 하지만 한 줄을 쓰는 게 더 어렵다는 걸 깨달았습니다("네 따위 녀석이 휘 갈긴 한 줄에 회사가 도산한다고!"). 그리하여, 글을 길게 쓰는 영 화 기자가 되기로 했으나("신입 기자는 오바이트를 하고 나서도 또 마셔야 한다고!"), 이 역시 속이 쓰려 접었습니다. (믿기 어렵겠지 만) 공부를 좋아했던 저는 마침내 학자가 되기 위해 대학원에 갔습니다. 하지만 이마저도 종극엔 교수가 되어야 하니("미국 박사가 아니면, 평생 시간강사라고!"), 세속적인 길이 모두 싫어져 버렸습니다. 결국 한 국제구호개발기관인 NGO의 직원이 되 었습니다. 하지만 회사에서 적성에 맞지 않는 부서로 발령받 는 바람에("최 선생, 한번 버텨봐!"), 결국 사직서를 내고 소설을 썼습니다. 뒤돌아보니 소설가가 되는 데 가장 큰 도움이 됐던 것은 여러 진로를 고민하는 동안 '읽고, 공부하고, 경험하고, 실패했던 모든 것'이었습니다.

제가 무슨 말을 하는 것 같나요? 질문자님은 아닐 수 있으나 저는 이토록 쉽게 흔들렸습니다. 대개 사람은 변할 수 없다지만, 제 생각에는 변합니다. 제가 양보해서 사람은 변할 수 없다 쳐도, 사람의 꿈은 변할 수 있습니다. 체 게바라는 의사가 되려다, 혁명가가 됐습니다. 베드로는 어부가 됐지만, 결국 예수의 제자가 되어 순교까지 했습니다. 노무현은 변호사가 되었다가 대통령이 되었습니다. 저와 동료와 많은 선배들이 삶에서 일어난 항로의 변화를 받아들였습니다.

질문자님. 화장품 마케터가 되기 위해 할 수 있는 일을 하시기 바랍니다. 하지만 자신에게 생길 수 있는 변화에도 역시 대비해두시기 바랍니다. 그렇기에 제가 드릴 수 있는 말은 이것뿐입니다. 좋은 사람이 되십시오.

훌륭한 성품을 쌓기 위해 노력하고, 학업을 게을리하지 마십시오. 논리적으로 말하고, 사람을 설득하는 훈련을 해보시기 바랍니다. 화장품 마케터는 마케터고, 마케터는 사람의 마음을 움직이는 사람입니다. 그러기 위해서는 먼저 사람의 마음을 읽고, 이해해야 합니다.

사람들에게 무엇이 필요한지, 사람들이 어떤 때 행복을 느끼는지, 주의를 기울여야 합니다. 무심한 채로, 세월을 흘려

보내며 사는 사람이 마케터가 될 수는 없습니다. 저는 훌륭한 마케터의 요건 중 하나가, 바로 세상과 인간에 대한 관심을 잃지 않고 살아가는 것이라 여깁니다. 만약, 그런 사람이 된다면 화장품 마케터건 다른 마케터건, 아니 어떠한 직종에 종사하건, 도움이 될 겁니다. 건투를 빕니다. 일찍부터 고민하는 질문자님은 잘해낼 수 있을 겁니다.

요즘 단순하게 살고 싶다는
생각이 자주 듭니다.

Q

옷도 단순하게, 사는 모양새도 단순하게, 인맥도 단순하게. 그런데 정리해야지, 버려야지 하면서도 자꾸만 사고 싶은 것, 만나고 싶은 사람이 생깁니다. 버려야 비로소 행복해진다는데 저는 뭐든지 계속 끌어안고 사네요. 단순하게 사는 게 아무래도 무리일까요?

A

오늘은 제 이야기로 답해볼게요. 저는 소설가입니다. 소설가의 삶이란, '아니, 이럴 수가'라고 할 만큼 단순합니다. 특히 처음 소설을 쓰기 시작했을 때는 너무하다 싶을 정도로 단순했습니다. 아침에 해가 뜨면 눈을 뜹니다. 체조를 하고, 간단한 아침 식사를 하고, 매일 작업을 하는 카페까지 걸어서 갔습니다(때론 자전거를 타기도). 아침 10시가 되면 어김없이 매일 마시는 커피를 한 잔 시키고, 노트북을 켠 채 서너 시간 정도 꼬박 글을 썼습니다. 이후에는 점심을 먹고, 달리기를 하고, 내일 쓸 원고를 머릿속으로 미리 생각을 해둡니다.

이게 일상의 전부입니다. 다시 말하자면 이외의 일은 그다지 없었습니다. 찾아주는 이도 없었습니다. 간혹 누군가 찾더라도 글을 쓴다는 핑계로 만나지 않았습니다. 옷은 작업복 삼아 후드가 달린 티셔츠 한 벌을 매일 입었고, 아침은 대개 주먹밥 따위로 때웠습니다. 운동은 매일 한강에 나가 걷거나 달렸습니다. 말하자면 변화가 없는 실로 단순한 삶이었습니다.

당연한 말이지만 이 삶은 고통이 따릅니다. 고독하고, 지루하고, 고통스럽습니다. 하지만 '이런 것쯤이야' 하고 감내했습니다. 단순한 삶을 택한 이유가 있었기 때문입니다. 당시 제가 바랐던 것은 하나뿐이었습니다. 만족할 만한 글을 써보자. 문단이나, 평단, 독자가 엄지를 추켜세우는 훌륭한 글이 아닌, 스스로 만족할 만한 글을 써보자. 스스로 만족하는 삶, 이것을 자족하는 삶이라 합니다. 저는 자족하는 글을 원했고, 당시에 제겐 글이 삶의 전부였기에 자족하는 글은 당연히 자족하는 삶을 의미했습니다.

자족하는 삶을 이루기 위해 결심한 것이 하나 더 있었습니다. 원래 저는 알코올중독자처럼 매일 술을 마셨습니다. 일상은 여러 술자리에서 생긴 오해와 이를 풀기 위한 수고로 번잡해져 있었습니다. 이런 상태로는 도저히 글을 쓸 수 없어서, 금주를 결심했습니다. 대신 술을 마시는 시간에 매일 달리기를 하고, 다음 날 쓸 글을 구상했습니다. 여러모로 불편하고 고독했습니다.

이토록 단순한 삶은 많은 것의 포기를 의미합니다. 삶이

추구하는 궁극적인 것, 본질적인 것만 남겨두고 그 외의 부수
적인 것들은 모두 쳐내야 합니다. 이런 삶을 택한 이유는 추구
하는 가치가 있었기 때문입니다. 제 경우는 좋은 글을 쓰는 것
이었습니다. 질문자님께서도 추구하는 가치가 있다면 과감하
게 실천해보시기 바랍니다. 불편이 더 이상 불편하게 느껴지
지 않을 때, 어느새 삶의 지방이 깔끔하게 연소되어 있을 겁니
다. 군살이 없는 사람처럼, 군더더기 없는 담백한 일상을 맞이
하게 될 것입니다. 하지만, 아직 추구할 가치가 정해지지 않은
상태라면 재고해보시기 바랍니다. 단순한 삶은 물리적으로는
단순하지만, 심리적으로는 여러 단계의 절단(즉, 포기와 버림)
이 필요하니까요. 그럼, 파이팅.

아, 저는 이제 단순하게 살지 않습니다. 글을 대충 쓰기로 했거든요(보시는 바와 같이). 딱히 알아주지도 않고, 술도 고프고…. 그래도 일생에서 얼마간 단조롭게 살아볼 가치는 있습니다. 그래야 삶의 적정 리듬을 찾을 수 있으니까요.

작가가
되고 싶어요.

Q

제 앞길을 정했습니다. 전 이제 글을 쓰며 살 겁니다. 외롭고 험난한 길이 되겠지요.

혹시 작가님은 어떻게 처음 글을 쓰게 되셨나요?

글을 쓰고 싶다는 생각은 있지만 도대체 어떤 방향으로 어떻게 써야 할지 생각이 많습니다. 이런저런 조언 부탁드립니다.

A

미국 소설가 폴 오스터는 이런 말을 했습니다.

"의사나 정치가가 되는 것은 하나의 진로 결정이지만, 작가가 되는 것은 다르다. 그것은 선택하는 것이기보다 선택되는 것이다. 글 쓰는 것 말고는 어떤 일도 자기한테 어울리지 않는다는 사실을 받아들이면, 평생 동안 멀고도 험한 길을 걸어갈 각오를 해야 한다."*

사실 저는 독자님께서 하신 질문을 수차례 받았습니다. 그리고 제 에세이에도 여러 번 밝혔습니다. 저는 적성에 도무지 맞지 않는 부서로 발령을 받아 사표를 썼습니다. 내심 타부서 이동을 바라며 말이죠. 그때 사직 사유를 묻기에 솔직히 말은 못 하고, 엉겁결에 "작가가 될 겁니다!"라며 엄포를 놓았습니다. 그런데 "아! 그래. 자네라면 작가가 될 줄 알았어! 결

* 폴 오스터 저, 김석희 역, 《빵 굽는 타자기》, 열린책들, 2002

심 축하하네!"라며 사표가 일사천리에 수리되는 바람에 정말로 글을 쓸 수밖에 없었습니다. 이게 이때껏 제가 표면적으로 답해온 이야기입니다. 그러나 이 스토리의 이면에는 제 내밀한 욕망이 숨어 있습니다. 제가 그 상황에 엉겁결에 "작가가 되겠습니다!"라고 말한 것은, 실은 한동안 '작가가 되어볼까' 하는 마음을 품고 있었기 때문입니다.

'배알 꼴린다'는 말 들어보셨지요. 저는 이런 경험을 했습니다. 그러니까 출근해서 회사 업무를 보는 중에 '뭔가 창의적인 표현들'이 마구 떠오르는 겁니다. 즉, 머릿속에 창작을 관장하는 신이 '어서 받아 적으라고! 지금이 기회야!' 하고 자꾸 속삭이는 듯했습니다. 제가 생각하기에도 평소의 저라면 도저히 떠오르지 않을 멋진 표현들이 뇌에서 활화산의 용암처럼 마구 터져 나왔습니다. '아아! 지금 쓰지 않으면 안 돼! 지금 받아 적지 않으면 안 돼!' 하는 생각이 머릿속에 가득했습니다. 하지만 말했다시피 그때는 업무시간이었습니다. 이런 경험을 반복하다 보니, '배알이 꼴렸습니다.' 사촌이 땅을 사면 배가 아프듯, 하고픈 일을 못하니 정말 물리적으로 배가 아팠습니다. 조금 거칠게 말하면, 오장육부가 뒤틀리는 느낌이었습니다. 저는 그때 알았습니다. 언젠가는 제가 회사를 그만둘 것을요. 그리고, 언젠가는 제가 가지고 있는 검고 투박한 노트북과 오랜 시간을 보낼 것이라는 것을요.

다시, 폴 오스터의 말로 되돌아가보죠. 저는 전적으로 공감합니다. 비록 부서 이동이라는 사건이 있었기에 사직서를 썼지만, 그것은 하나의 기폭제가 되었을 뿐이었습니다. 부서 이동을 겪기 전부터 회사에서 모니터를 보고, 보고서를 제출하고, 결재를 받기 위해 줄을 서 있는 동안, 매일 제 안에는 '글을 써볼까?' 하는 욕망이 꿈틀거리고 있었습니다. 아니 좀 더 솔직하게 말하면 '글을 써야 할 시간에 대체 뭘 하고 있는 거야?!' 하며 자책했습니다. 그 채찍질을 스스로 감내하다가, 부서 이동을 겪자 '아아. 도저히 못 하겠군' 하며 터져버린 겁니다. 자, 아시겠죠. 독자님도 폴 오스터가 말한 것처럼, 그리고 제가 겪은 것처럼 '글을 쓰지 않고서는 못 배기는 상태'가 돼버린 것입니다. 어쩔 수 없습니다. 신내림을 받으면 무속인이 되거나 생을 끝내야 하듯, 글을 쓰고픈 욕망이 온몸을 휘감으면 작가가 되는 수밖에 없습니다. 일단, 건투를 빕니다.

자 그럼, 한 명의 작가로 살아남으려면 어떻게 해야 할까요. 먼저 솔직해야 합니다. 사실은 문체를 이기고, 솔직한 사실의 고백은 가식적이고 수려한 사실의 나열을 이깁니다.

그리고 달라야 합니다. 세상에 작가는 모기떼만큼이나 많습니다. 그러니 등단을 하고, 책을 내는 것 자체가 중요한 게 아닙니다. 작가로 평생을 살기 위해서는 여타 작가들과 달라야 합니다. 내 글만의 인장印章이 찍혀야 합니다.

그 외에 가장 필요한 것은 성실함입니다. 때로 지치고, 창의력이 떨어지고, 아무것도 하기 싫어지겠지만, 그때에도 손가락을 움직여야 합니다. 비록 공개하지 않을 글을 쓸지라도, 혼자만의 글이 될지라도, 작가는 꾸준히 써야 합니다. 작가는 단 하나의 위대한 작품을 쓰는 사람이 아니라, 범작이라도 꾸준히 쓰는 사람이기 때문입니다.

그럼, 건필하시길.

전공에
회의가 들어요.

Q

초등학생 때부터 PD가 되고 싶어 미디어영상학과에 입
학한 1학년입니다. 그런데 요즘 제 선택에 회의가 느껴집니
다. 고작 두 학기를 보냈지만, 전공을 배우면서 이게 정말 내
가 원했던 건지 의문이 듭니다.

평생 신나게 일할 직업으로 삼을지도 모르겠고요. 선배
에게 고민을 털어놓으니, 눈앞에 주어진 것을 하나씩 해나가
라고 하네요. 하지만 정말 하고픈 일인지 확신이 서지 않는 상
태로 과 활동(영상 동아리 활동, 공모전 준비 등)을 하려니 의욕
이 생기지 않습니다.

간절히 원했던 과에 입학했는데, 왜 제 생각이 흔들리는
걸까요. 이 시기를 어떻게 헤쳐 나가야 할까요. 작가님도 이런
시기를 겪었는지, 겪었다면 어떻게 극복했는지 궁금합니다.

A

저는 극복하지 못했습니다. 오늘도 이 짧은 글을 쓰기 위해 모니터 앞에 4시간 동안 멍하니 앉아 있었습니다. 이때의 제 모습을 누가 보기라도 했다면, 아마 좀비처럼 보였을지도 모릅니다. 앞서 글을 쓰고 싶어서 작가가 되었다고 말씀을 드렸습니다. 그런데 막상 작가가 되고 나니 글을 쓰는 게 부담스럽고, 심지어 글을 쓰기조차 싫어지는 아이러니를 겪었습니다. 물론 첫해와 이듬해에는 신나게 썼습니다. 하지만 작가로서 데뷔한 후 만 3년이 지나고부터 글 쓰는 게 부담스러워졌습니다.

독자들의 기대는 점차 높아지고, 저 스스로 설정한 글의 기준 역시 높아졌습니다. 그럴수록 글을 쓰는 시간은 줄어갔고, 떠오른 소재들을 검열하는 시간만 늘어갔습니다. 결국 오늘처럼 멍하니 4시간 남짓 모니터를 쳐다보며, 청문회장에 끌려나온 죄인처럼 앉아 있었습니다. 3년째 이러고 있습니다.

한심한 모습 보여드려 죄송하지만, 이게 바로 저의 진짜 모습입니다. 그리고 저는 앞으로도 이럴 거라는 걸 알고 있습니다.

인간은 누구나 노동을 해야 하는 존재입니다. 진화론의 관점에서 보면 수렵과 채집 시대부터 생존을 위해 노동해야 했으며, 창조론의 관점에서 보면 신으로부터 에덴동산에서 쫓겨난 때부터 노동해야 했습니다. 인간을 동물과 구분 짓는 많은 요소들이 있지만, 저는 여러 요소 중 실로 중요한 것이 바로 '노동'이라 생각합니다. 그렇습니다. 우리는 끊임없이, 노동해야 하는 존재입니다. 그렇기에 모든 인간은 '노동자'입니다. 저는 문자 노동자입니다. 질문자님에게 현재 노동은 '학습'일 것이며, 이 학습을 토대로 이후에는 월급을 획득하는 (다른 형태의) 노동을 할 것입니다.

이야기가 많이 돌아갔네요. 핵심을 말할게요. 세상에 즐거운 노동이란 없습니다. 돈을 받는 순간, 즐거웠던 취미는 '혹독하고 고된 노동'이 됩니다. 저의 경우 돌이켜보니, 제가 가장 즐겁게 쓴 글은 '원고료를 받지 않고 제 스스로 쓴 글'들이었습니다. 그러니 이렇게 생각하십시오. '신나서 평생을 할 수 있는 것은 아무것도 없다.' 섹스도 매일 최소 몇 번씩 평생을 하면 신물이 나고, 맛집에서도 매일 삼시 세끼 먹으면 다니는 것조차 지겨워질 겁니다(저는 실제로, 한 자동차 회사의 제안을 받아 프랑스에서 '미슐랭 레스토랑'만 8일간 다녔는데, 그 짧은 시간에도 지쳐버렸습니다). 마찬가지로, 평생을 즐겁게 할 수 있는 직업 따위란 존재하지 않습니다.

자, 그러면 어떻게 해야 할까요. 일단 인생은 이렇게 차갑다는 것을 받아들이십시오. 그러면 다른 냉혹한 일들보다 자신이 택한 진로가 상대적으로 나아보일지도 모릅니다. 그럼에도 PD가 되기 싫다면, 그건 정말 싫은 겁니다. 지금이라도 다른 일을 찾아보면 됩니다. 이제 1학년이니 앞으로 남은 시간은 정말이지 쇠털처럼 많습니다.

끝으로 사견을 보탤게요. 저도 신문방송학을 전공했습니다. 원래 신문방송학 전공 수업은 PD가 되려는 사람에게 전혀 필요 없어 보입니다(실제로 그렇습니다). 전문대학이 아니라, 학문 중심의 종합대학일수록 더욱더 이론을 탐구합니다. 그리고 그 이론은 PD가 되는 데 아무런 도움을 주지 않습니다. PD가 되고 난 후에는 도움을 줄지 모르겠습니다만…. 그것은 그저 학문일 뿐입니다. 마치 인생에서 미적분은 필요 없지만, 대학 교육이 필요하기 때문에 수학을 공부하는 것과 마찬가지입니다. 인생은 이렇게 불합리합니다. 그러니 지나가는 시간이라 생각하고 좀 더 힘내시길.

실은 질문자님 사연을 받고 회의에 빠졌습니다. '결국 나는 작가가 됐는데, 대체 신문방송학이 무슨 도움을 준 거야?' 그런데 이 회의가 이 글을 완성하게 만들었습니다. 그러니, 인생은 어찌될지 모릅니다. 필요 없어 보이던 공부가, 먼 훗날 필요하게 작용하기도 합니다. 아주 미미해서 탈이지만요.

다 포기하고
결혼하고 싶어요.

Q

시인이 되고 싶은 스물세 살 대학생입니다. 그런데 다 포기하고 결혼을 하고 싶어요. 결혼을 하고픈 오빠는 아직 생각이 없는 것 같고, 제 통장에는 잔액이 7만 원뿐인데 어떻게 해야 하죠? 우주 최강 잘생기신 최민석 소설가님의 조언을 듣고 싶어요.

A

먼저 저는 살면서 잘생겼다는 말을 두 명에게 들어봤습니다. 한 명은 작고한 친할머니이고, 다른 한 명은 질문자님이십니다. 시인은 세상을 바라보는 자기만의 시각이 있어야 하는데, 이미 독특한 시각을 가지고 계신 것 같습니다. 어렸을 적 일찍이 부모님께서 이혼을 하셔서 외롭게 지냈던 저에게 잘생겼다며 소설적 상상까지 동원하며 용기를 북돋아주셨던 분은 할머니가 유일했습니다. 그런데 질문자님께서 시적 상상을 동원하여 제게 용기를 불어넣어주시니 이 칼럼 정말 쓸 맛 나네요. 조금 다른 이야기 같지만, 요즘 이 칼럼 쓰는 맛에 지낸답니다(온라인 게시판에서 제 답변 때문에 싸우는 것도 잘 보고 있답니다. 젊을 때는 많이 싸워야죠. 영차!).

자, 그럼 본격적으로 고민에 대해 말해보죠. 결혼은 모든 것을 포기하고 싶을 때 선택하는 답이 아닙니다. 결혼을 한다는 것은 삶에 대해서 더욱 강하게 책임을 져야 한다는 걸 의미합니다. 저 역시 열흘 뒤에 결혼을 하는데, 벌써부터 책임감에 짓눌려 어깨에 통증이 느껴집니다(이 글은 파스를 덕지덕지 붙이고 씁니다. 미안해, 신부). 종종 여자(사람) 친구들에게서 '아. 그때 시집이나 가버릴 걸 그랬어' 유의 대사를 듣게 됩니다. 저는 그때마다 '아니, 결혼이 무슨 버뮤다인가. 이봐 친구. 결혼은 도피처가 아니라네. 그렇게 생각하면 또 결혼 생활에서 도피하고 싶어질 게 아닌가. 그러니 일단 정면 돌파하는 게 어떤가, 친구. 그런 측면에서 이 술값부터 자네가 정면 돌파하는 의미로 내시게나!'라고 생각만 굳건히 하고 "거 참, 그랬군" 하며 고개를 끄덕입니다(현실 세계에서는 조언을 못 합니다. 소심해서…).

지면이니 말씀드리자면, 질문자님도 결혼을 도피처로 생각하지 마시기 바랍니다. 그럴 거란 가정 하에, 글을 잇겠습니다. 우선 결혼하고 싶을 만큼 사랑하는 남자친구가 있다는 사실을 축하드립니다. 요즘처럼 살기 고달픈 시기에 동반자가 있다는 사실이 얼마나 위안이 됩니까. 체온으로 세상의 혹독한 추위와 차디찬 현실을 이겨내시기 바랍니다. 그리고 기왕이면 서로를 꼭 안은 상태에서 자문해보시기 바랍니다. '내가 이 남자와의 생활을 도피처로 생각하고 있나? 아니면 사랑의 결실로 생각하고 있는가?' 그때 사랑의 결실이라는 답이 떠오르면, 과감하게 설득해보기 바랍니다. 현재의 상

황을 솔직하게 터놓고 남자친구와 계획을 함께 짜보시기 바랍니다. 계획이 없는 연애와 계획이 있는 연애는 서로의 관계를 다른 식으로 이끌어가니까요. 흔히 말하는 '진지하게 만나고 있다'는 게 바로 계획을 공유한 관계입니다. 아직 학생이고, 남자도 나이가 그리 많지 않으니 지금부터 고민과 계획을 나누며, 서로 다른 부분을 존중하며 함께 맞추어가는 게 중요합니다. 그렇다면 당장 결혼 안 해도 부부 같은 친밀감을 느낄 수 있을 겁니다.

끝으로 통장 잔고 7만 원 이야기는 듣고 나니 굉장히 슬퍼지네요. 저는 《능력자》라는 소설을 쓸 때 통장에 2780원이 있었습니다. 잔고가 0원이 되려는 시점에 가까스로 원고료가 입금되어 밥을 사먹고, 가스비도 냈던 기억이 납니다. 그때 제 나이가 서른다섯 살이었습니다. 저는 지금 굉장히 풍족하게 잘 지내고 있습니다(걱정 마십시오. 회도 자주 사 먹고, 후배들한테 수입 맥주도 시원하게 사줍니다). 질문자님은 현재 스무세 살이니, 아마 저보다 훨씬 일찍 잘될 겁니다. 이런 저도 장가를 가니, 걱정 마시기 바랍니다. 현실이 차갑더라도, 주변에 좋은 사람들이 있으면 훈훈해지기도 합니다. 좋은 사람들에게 감사를 표하고, 마음을 한껏 나누시기 바랍니다. 세상은 함께 사는 것입니다.

추신

'우주 최강' 같은 수식어도 뻔뻔하게 잘 쓰시니, 소설을 쓰시는 것도 좋을 것 같습니다. 저보다 태연하게 잘 쓰실 것 같습니다(아아, 이거 제가 호랑이 새끼를 키우는 건가요).

술을 잘 마셔야 성공한다는데,
저는 실격인가 봅니다.

Q

취업을 위해 전문직 시험에 도전하고 있어요. 그런데 실제 종사자들의 이야기를 들어보니, 이 업계에서는 술을 잘 마셔야 유리하다고 하네요. 저는 술을 잘 못 마셔요. 몸에 해독하는 효소가 없는 건지 술을 마시면 너무 힘이 듭니다. 술을 마구 마시라고 강요하진 않지만, 잘 마시는 사람이 결국 성공한다는 소리를 들었습니다. 술을 잘 마시는 사람이 유리한 조직 문화에 저는 어떻게 대처해야 할까요?

A

통탄할 사연입니다. 예로부터 조선은 유교 국가라 하여, 인재의 평가를 신언서판身言書判 즉, 신수와 말과 글로 하였는데, 술을 마시면 몸가짐이 흐트러지고 혀가 꼬부라지고 글이 비문이 되건만, 어찌 술이 업무에 이롭단 말입니까. 따라서 술을 잘 마시는 사람이 입신양명할 수 있는 조직은 썩은 물이요, 비전이 부재한 곳이요, 해체되어야 할 대상임이 마땅하나, 요즘 시대가 흉흉하여 목구멍이 포도청이라 하니, 일단은 조직에 헌신하여 일을 해봅시다. 기왕 하는 김에 열심히 해봅시다.

하나, 질문자님의 몸에 알코올을 분해하는 효소가 없다 하니, 주는 술을 한두 잔씩 날름날름 마시다 보면 본인 머리가 아픔은 물론이요, 몸이 무거워지고 혀가 통제가 되지 않아 상사건 동료건 간에 자신에게 술을 먹였다는 생각에 그간 술로 인해 겪은 고통을 훈계하듯이 쏟아내거나 인사불성이 되어 상사와 동료의 몸에 토사물을 분사할 수 있으니, 일단 술자리는 피하도록 합시다. 기왕 하는 김에 미꾸라지처럼 피해 봅시다.

　그러면—여기서부터 중요한데—어찌하여 조직 생활을 할 수 있을까요. 행여나 부족한 이 필자의 경험을 참고할 의향이 있다면, 한번 들어봐주시길! 제가 몸담은 문필업계는 주사파酒死派 즉, '술에 살고 술에 죽는 사람들'로 뭉쳐진 곳이라 해도 과언이 아닐 만큼 둘이 모이면 술자리요, 셋이 모이면 술판이요, 넷 이상 모이면 때와 장소를 불문하고 술잔치가 벌어지는 곳이니, 술 따위는 입에 대지 않고 맑은 정신으로 오로지 글만 쓰고자 했던 제게 문인들과의 만남은 상당한 고역이자 고충이자 고민거리였습니다. 게다가 원고 청탁과 출판 계약 역시 술자리에서 맺어지는 경우가 비일비재하니, 저는 대체 작가로서 어찌 살아야 할지 막막해 그만 절필이라도 하고 싶은 심정이었습니다.

　하지만 뜻이 있으면 길이 있는 법. 저는 다소 무식한 방법이지만, 술자리에 출몰하지 않는 대신 그만큼 더 많이, 더 재밌게 더 열심히 쓰기로 했습니다. 눈을 뜨면 달리기를 하여 몸을 개운하게 한 뒤, 매일 아침마다 서너 시간 집중하여 다른 것은 쳐다보지도, 생각하지도 않고 오롯이 글만 썼습니다. 다소 부끄러운 말이지만, 지금도 그때 쓴 글을 보면 '아니! 이걸 내가 썼단 말인가' 하며 감탄할 때가 있습니다(헤헤). 이렇게 오랜 기간 쓰다 보니 자연히 '최민석은 술은 마시지 않지만, 글은 칼같이 쓴다' '최민석은 술을 마시지 않으므로, 오히려 원고 마감을 더 잘 지킨다' 따위의 (헛)소문이 퍼져 맨정신에 원고 청탁도 받고(전혀 만나지 않고, 이메일로 청탁을 받습니다), 출판 계약도 민트 티 같은 걸 마시고 해내곤 합니다.

다시 말하지만, 술을 마셔야 인재로 등용되고, 유리한 고지에 올라서는 업계는 뒤처진 것입니다. 불란서에서는 직장 동료들끼리 휴대전화 번호도 모릅니다. 퇴근하면 연락할 일이 없으니, 애초부터 휴대전화 번호를 공유하지 않습니다. 노르웨이인들은 바이킹의 후손답게 고주망태처럼 마시지만 회식 문화가 아예 없습니다. 일찍 퇴근해서 가족이나 친구와 마십니다. 서두에 말씀드렸다시피 술에 의해 성공이 좌우되는 사회는 조선 시대보다 뒤처진 사회입니다. 그러니 용기를 내십시오. 비록 많진 않지만 저처럼 술자리에 나가지 않는 작가들이 하나둘 생기다 보니, 문단도 바뀌고 있습니다. 혁명의 선두에 서자는 말은 아니지만, 나부터 묵묵히 고집하지 않으면 바뀌지 않는다는 마음으로 오로지 업무와 능력만으로 평가받는 분위기를 만들어갑시다. 술을 마실 시간에 능력을 더 쌓읍시다. 그럼 전 글 쓰다 보니 오랜만에 한잔 생각이 나서 이만. 아, 오해는 마시길! 혼자 마신다는 말이니….

선배 말처럼, 정말
교환학생은 내실이 없을까요?

Q

교환학생에 합격하여, 곧 프랑스로 떠납니다.

사실 전 한 번도 해외를 나가본 적이 없어요. 이번 기회를 통해 다양한 문화도 경험하고, 유럽 여행도 하고, 영어와 외국어 회화 실력도 늘리고 싶습니다. 그런데 얼마 전 친한 학교 선배가 이런 말을 하더라고요.

"교환학생은 내실이 없어. 학교 입장에서는 그냥 학생들이나 많이 보내면 좋은 거지."

교환학생에 합격했을 때는 너무 기쁘고 좋았는데, 요즘 그 말이 계속 제 머릿속에 남아서 혼란스럽습니다. 저, 잘 다녀올 수 있을까요?

A

    어쩌면 선배의 말은 맞을지 모릅니다. 목표 지향적인 관점에서 보자면, 고작 1년 교환학생으로 다녀왔다 해서 얻을 수 있는 것은 적을지 모릅니다. 선배는 '내실이 없다'고 했죠. 그런 관점에서 보자면, 맞습니다. 저도 교환학생을 다녀왔습니다. 저는 미국의 한 주립대로 2학기 동안 다녀왔습니다. 방학 때엔 밴쿠버에 있었고, 학기 후에는 뉴욕에 한 달 더 머물렀으니, 1년 남짓 영어의 환경에 노출된 셈입니다. 하지만 그렇다 해서 애매하게 들리던 CNN 채널이 한 단어도 빠짐없이 들리거나 알아먹을 수 없던 교수의 말을 100% 이해할 수 있게 되진 않았습니다(물론 멍청한 제 경우의 말입니다).

    그럼에도 저는 교환학생 경험을 굉장히 값지게 여기고 있습니다. 만약 그때 교수의 말을 이해하지 못해 좌절하지 않았다면, 과제를 제출하기 위해 새벽까지 씨름하지 않았다면, 어쩌면 제게 세상은 여전히 만만한 대상이었을지 모릅니다.

아마 좀 더 나은 인간이 되지 못했을지도 모릅니다. 무슨 말이냐면 그때부터 제 부족을 절절히 깨달았기에─눈을 떠서 눈을 감을 때까지 체감했습니다─(이런 말은 부끄럽지만) 저는 좀 더 겸손한 사람이 될 수 있었습니다.

뜬금없는 말일지 모르겠지만, 그때 부족함을 느꼈기에 저는 '아직도' 영어 공부를 합니다. 매일 스페인어 공부도 조금씩 하고 있습니다. 스페인어가 어느 정도 수준에 오르면, 접어두었던 독일어 공부도 다시 할 생각입니다. 딱히 무얼 바라는 건 아닙니다. 이미 일본어 공부를 통해 '진정 외국어를 써먹을 일은 그 나라에 갔을 때뿐'이라는 사실을 일찌감치 깨달았습니다. 제가 진정으로 원하는 것은 '현지에서 맘껏 맥주를 주문하고, 식당에서 우물쭈물하지 않고 메뉴를 주문하는 것뿐'입니다. '아니, 너무하지 않냐. 다른 속셈이 있는 게 아니냐. 소설가가 무슨 외국어 공부냐!'라고 한다면, 소설가이기 전에 글로벌 시대를 살아가는 한 명의 세계 시민이기에 마흔이 된 지금에도 혼자서 중얼거리며 공부하고 있습니다. 이 모두를 냉정히 말하자면 '내실과 이익'은 제로에 가깝습니다.

자, 선배의 이야기로 돌아가보죠. 선배는 아마 교환학생을 낯선 환경에 나를 던지는 적응의 과정으로, 내 부족함을 깨닫는 과정으로, 그리고 한 지적 생명체의 성장 과정으로 보지 않고, 아마 취직 전선에서 유리한 고지를 점하기 위한 수단으로, 외국어를 속성으로 익힐 수 있는 경제적 도구로 봤을지 모릅니다. 그렇다면 선배의 말은 철저히 맞습니다. 하지만 눈치채셨겠지만, 저는 전자의 과정으로 봅니다. 제 경험으로는 그랬습니다.

잘 다녀오십시오. 1년의 경험으로 갑자기 인생이 바뀌진 않겠지만, 이제 긴 여행길에 첫발을 내디뎠다 생각하고 그 과정을 즐기시기 바랍니다. 세상에 단기간에 얻을 수 있는 건 체중밖에 없습니다. 나머지는 모두 시간이 걸립니다. 그러니 역설적으로 말하면, 시간이 걸리니 기왕할 것 어서 열심히 하는 게 낫습니다. 그러면 이제부터 생은 차차, 조금씩, 서서히 풍성해지고 다채로워질 것입니다.

아, 맥주만 주문하면 되는데, 왜 필요 이상으로 공부를 하느냐고요? 재미있어서요. 모르는 세계를 조금씩 알아가고, '무지의 대상인 세계를 이해의 대상으로' 매일 조금씩 전환하는 게 즐겁습니다. 가장 큰 유익은 바로 이 시간 자체입니다.

비싼 물가 때문에
아이를 낳아 기를 수 있을지
걱정이에요.

Q

훗날 아기를 낳고 단란한 가정을 꾸리고 싶습니다. 하지만 대한민국의 비싼 물가와 적은 월급을 생각했을 때 아이에게 해줄 수 있는 게 많지 않은 것 같아요. 아이에게 잘해줄 수 없을 것 같아서 고민이 됩니다.

A

저는 소설가이기 때문에 이야기의 구성이 훌륭한 소설을 읽으면 감탄합니다. '우와. 나도 이런 소설을 써보고 싶다'라는 생각을 실로 여러 번 했습니다. 그래서 재작년 한 매체에 장편소설을 연재할 때, 이야기의 설계도인 플롯을 모두 짜놓았습니다. 그 이야기의 설계도는 정말이지, 제가 생각해도 완벽했습니다. 챕터를 모두 나누었고, 그 챕터에 알맞은 분량을 설계했고, 주인공은 언제쯤 위기를 맞닥뜨리고, 조력자가 어디서 등장을 해서 어떻게 도움을 주고, 어떤 반전으로 결말을 맞이할지 정밀히 짜놓았습니다. 한데 이 소설은 제가 최초로 포기해버린 소설이 됐습니다. 소설 중반부까지는 연재를 해야 했기에 어떻게든 썼지만, 연재가 끝나버리니 더 이상 쓰고 싶은 욕구가 전혀 남아 있지 않았습니다.

왜 그랬을까요? 재미없었기 때문입니다. "당신 소설은 항상 재미없지 않느냐?" 한다면, 죄송합니다. 믿으실지 모르겠지만, 그때만큼은 독자들이 재미있다고 했습니다. 그렇다면? 맞습니다. 쓰는 제가 재미를 느끼지 못했다는 겁니다. 저는 사실 플롯을 짜놓지 않고 소설을 쓸 때엔 항상 불안했습니다. 어쩌면 이야기가 산으로 가서 망해버릴지 모른다는 위기감이 저를 매일 감쌌습니다. 그렇기에 그때엔 이 불안감을 없애기 위해 플롯을 모두 짜둔 것이었습니다. 하지만 언제 주인공이 농담을 하고, 어떤 대사를 하고, 반전을 위해 어떻게 포석을 깔 건지 모두 계획해놓고 나니, 정작 소설을 쓸 때엔 그저 '문장 전달자'가 돼버린 느낌이 들었습니다. 초고를 쓸 때 느껴지는 설렘이 전혀 없었습니다. 그때 깨달았습니다. '불안은 때로 창작의 원동력이 되는구나.'

소설의 플롯은 인생에 대입해보면 설계도가 됩니다. 즉, 언제 결혼을 하고, 그 결혼식은 어디서 어떻게 하고, 언제 아이를 낳고, 그 아이는 이렇게 저렇게 키우겠다는 설계도 말이죠. 저는 《풍의 역사》라는 제 소설에서 이런 식으로 쓴 적이 있습니다. 사실 우리 모두는 작가다. 인생이라는 원고지에 삶이라는 이야기를 써내는 작가라고 말이죠. 모든 이야기가 자기만의 고유한 색깔을 지니고 있듯, 질문자님의 삶 역시 고유한 문체와 고유한 전개 방식으로 쓰일 때 아름답습니다.

그러면 어떻게 불안 속에서도 살아갈 수 있을까요. 저

는 플롯을 안 짠 소설을 쓸 때는 매번 불안했습니다. 하지만 그 불안감보다 '이야기를 완성해야겠다'는 의지가 더 강했기에, 매번 플롯이 없는 소설을 끝까지 써냈습니다. 그리고 저는 이 불안 속에서 써낸 소설들을 아주 사랑합니다. 한 치 앞이 보이지 않는 순간들 속에 불안에 떨며 썼던 그 많은 활자들을 아낍니다.

소설은 모르고 썼기에 재미가 있었고, 불안했기에 열심히 쓰려 했습니다. 제가 좋아하는 영화 〈트럼보〉에서 주인공은 하나의 이야기를 떠올리고, 그 이야기가 과연 어떨지 고민합니다. 이때 친구가 답합니다.

"써보면 알겠지."

그렇습니다. 써보지 않으면 아무것도 알 수 없습니다. 오직 써봐야만 알 수 있습니다. 소설가로서 가장 멍청한 선택은 이야기를 써보지도 않고 포기하는 것입니다.

질문자님에게 무조건 장밋빛 인생이 기다릴 것이라고 하지 않겠습니다. 하지만 써봐야 알 수 있듯이, 살아봐야 알수 있습니다. 그러니 살아보기 전에 뒷걸음질 쳐서 인생에서 도망치지 마시길. 인생의 기쁨에서 멀어지지 마시길. 변화의 즐거움을 놓치지 마시길. 늙으면서 얻게 될 긍정적인 발전을 스스로 포기하지 마시길. 그리고 인생에서 때로는 고통도 기뿜이고, 그것이 살아가는 힘이 된다는 걸 기억하시길.

　　참고로 저도 달랑 300만 원 갖고 결혼을 했는데, 지금 아이도 키우고 아내와 함께 포근하고 따뜻한 집에서 지내고 있습니다. 플롯을 완벽하게 짜진 않았지만, 살아가며 매번 플롯을 수정하며 삶을 써나가고 있습니다. 그러니, 부디 뒷걸음질 치지 마시길. 매번 수정할지라도 삶을 마주해 꾸준히 써나가길.

더 나은 세상을 원하신다면, 질문자님이 바라는 세상을 제시하는
정치인에게 투표하고, 거리에 나서서 원하는 바를 외치기도 하세
요. 제도적 뒷받침이 없다면, 개인은 끊임없이 바위에 계란을 던
지는 존재에 불과하니까요.

취업한 친구를
축하해주지 못하겠어요.

Q

대학 졸업을 유예하고 1년 동안 취업 준비하고 있는 학생입니다. 주변에 친구들이 속속들이 취업을 하고 있는데요, 취업 소식을 전해올 때마다 점점 진심으로 축하해주기 어려워집니다. 물론 처음부터 이렇진 않았어요. 예전에는 제 일처럼 기뻤어요. 하지만 시간이 갈수록 점점 취업한 친구들과 제 자신을 비교하게 됐습니다. 지난 1년간 오전 11시 즈음 후드티, 청바지 차림에 카페로 출근해 자소서를 쓰다 저녁이 되면 퇴근하는 일상만 반복하고 있습니다. 저는 누가 봐도 백수인데, 단정한 정장 차림에 자신감으로 가득 차 있는 친구들을 보면 초라한 제 모습이 비교돼 한숨이 납니다. 이렇게 살다 보니 점차 뒤처지는 것 같고 쓸모없는 인간이 된 것 같아 우울하기만 합니다. 게다가 친구의 기쁨을 공유할 수 없을 만큼 황폐해진 제가 괴물이 된 것 같아 두렵습니다. 어떡하면 열등감을 극복하고 친구를 진심으로 격려해줄 수 있을까요?

A

    오늘은 마음이 너무 아파서 길게 쓸게요. 아마 평소보다 두 배 분량이 될 것 같네요.

    우선 얼마나 힘이 드시겠습니까. 100% 공감할 수는 없지만, 저 역시 질문자님과 같은 동굴의 시간을 보냈습니다. 여러 번 말씀드렸지만, 저는 처음부터 소설가가 아니었습니다. 직장생활을 3년 했는데, 취업을 서른 살이 돼서야 했습니다. 신입사원 중에 제가 나이가 제일 많았습니다. 그것도 1년 계약직이었고, 정규직으로는 1년간의 업무 평가가 끝난 후에야 전환될 수 있었습니다. 그래도 계약직으로 1년간 일할 수 있다는 사실이 기쁠 만큼, 저는 백수로 힘들게 지냈습니다.

    당시 우리 사회는 IMF의 여진으로 진통을 앓고 있었습니다. 기업은 모두 몸집을 줄였고, 신규 채용을 가뭄에 콩 나듯 한 터라, 몇백 대 일의 경쟁률을 뚫어야 채용될 만큼 상황은 혹독했습니다. 선배들이 취업이 어렵다고 해서 군대 가기 전의 형편없던 학점을 가까스로 3.5 이상으로 끌어올리고, 토익도 940점 정도의 성적을 얻었지만, 주변에는 970점 이상 고득점자가 발에 치일 만큼 수두룩했습니다. 그들 역시 낙방하고 있었습니다. 결론적으로 말씀드리자면 저를 떨어뜨린 회사는 백 군데 가까이 됩니다. 처음에는 호기롭게 '나를 떨어뜨린 회사 제품은 쓰지 않겠다!'라고 여겼는데, 백수 기간이 길어지자 한국에서 살지 못할 정도까지 돼버렸습니다(예컨대 국산 차를 타면 안 되고, 전화기를 써도 안 되고, 공중파는 물론 케이블 방송까지 볼 수 없고, 신문을 읽어서도 안 되고, 심지어 과자를 먹어서도, 음료수를 마실 수도 없는, 말 그대로 숨만 쉬며 살아가야 하는 형편이 돼버렸습니다). 이민을 가야 하나 생각했는데, 따져보니 외국 기업에까지 꽤나 탈락해 결국 지구에서 살 수 없게 돼버렸습니다. 낙방시킨 기업이 백 군데가 되면, 창업을 하든, 내 일을 하든 뭐라도 하겠다고 결심했는데, 백 군데가 되기 직전 가까스로 취업을 했습니다. 휴우.

그런데 이토록 어렵게 구한 직장을 결국 내 손으로 사표를 쓰고 나왔습니다. 허무했습니다. 그제야 생각했습니다. '왜 그리 열심히 취직을 하려 했을까?' 어차피 소설가가 될 것이라면 굳이 취직을 안 했어도 됐는데 말입니다. 저는 이 질문을 왜 일찍 떠올리지 않았을까요. 그건 바로 묻지 않았기 때문입니다. 초등학교를 졸업하면 중학교를 가고, 중학교를 졸업하면 고등학교를 가는 식으로, 우리는 취업을 하려 합니다. 도전적으로 질문해보면 중학교를 졸업하고 군이 고등학교를 가지 않아도 됩니다. 독학해서 곧장 검정고시를 쳐도 됩니다. 비슷한 이유로 우리는 질문 없이 대학을 갑니다. 그리고 질문 없이 취업 준비를 합니다. 그 시절의 제가 그랬듯이, 남들이 다 해보는 것이니까 일단 해보려 합니다. 전혀 직장에 맞지 않는 인간들이 토익 성적을 얻기 위해 학원에 갑니다. 과거에는 유명 강사의 강의를 줄지어 신청하곤 했습니다. 이제 소설가가 된 저는 토익 성적표를 쓸 일이 전혀 없습니다. 그건 그냥 종잇조각에 불과합니다. 간단히 말해, 무수한 좌절감을 겪었던 근원적인 이유는 제 인생을 제 뜻대로 살지 않았기 때문입니다. 제 자신을 믿지 않았기 때문입니다. 제 삶에 주체적으로 도전하지 않고, 남들이 닦아놓은 제도권의 레일 위에 내 몸을 군이 맞춰 올려놓으려 했기 때문입니다. 제도권과 상당히 다른 사람인데도 몸집을 줄이고, 생각을 맞추고, 라이프스타일을 맞추려다 보니 100회에 가까운 시행착오를 거칠 만큼 좌절을 겪어야 했던 것입니다.

이런 말은 급진적으로 들릴지 모르겠지만, 이 사회는 거대한 공장입니다. 그리고 그 공장이 돌아가는데 무리가 없을 부품을 원합니다. 인간이라는 하나의 거대한 우주가 하나의 쓸모 있는 부품이 되기 위해 규격화되길 원합니다. 그 '규격화되지 않은 부품'은 선택받지 못합니다. 당시에 저와 함께 낙방했던 무수한 창의적인 실패자들은 지금 자기 일을 보란 듯하며 삶을 개척하고 있습니다. 저는 국내 취업에 실패하면 해외 취업에 도전해보라는 말을 듣고, 용기를 내어 미국과 일본의 기업에도 지원했지만, 결과적으로 모두 떨어져버렸습니다. 그래서 저를 필요로 하는 땅은 아무리 돈이 넘쳐나는 나라라 할지라도 없다는 사실을 냉정하게 깨달았습니다. 그런데 작가가 되고 나서 많은 기업과 매체가 저를 찾는 걸 보고 의아했습니다. 왜냐하면 저에게 청탁을 한 기업과 신문사, 잡지사 그리고 저에게 출연 요청을 한 방송사와, 심지어 저를 프랑스까지 여행하게 한 기업체 모두 저를 낙방시킨 회사들이었거든요. 저는 그때 알았습니다. 자본주의 사회는 자신들이 원하는 규격화된 인간을 원한다는 것을요.

세상은 어렵습니다. 그건 세상이 한 명, 한 명의 인격체를 원하는 것이 아니라, 그 사회에 필요한 규격화된 부품을 원하는 것이기 때문입니다. 그러니 취업에 당장 성공하지 못했다 하더라도 너무 상심하지 마십시오. 자신을 믿고, 자신을 존중하고, 자신을 사랑하세요.

현재 정의당 원내대표인 노회찬 의원은 2008년 국회의

원 선거 때, 상대적으로 진보 성향이 강한 한 지역구에서 패배하고 나서 말했습니다. "나는 한 번 전투에서 졌다고 전쟁을 포기할 사람이 아니다." 그리고 4년 뒤 같은 지역구에 도전해 국회의원이 됩니다. 전투에 한 번 졌다 해서, 전쟁에서 패한 것은 아닙니다. 백 년 인생에서 몇 개월 실패했다 해서 낙심하지 마세요. 저는 만 서른이 돼서야, 계약직이 됐습니다.

지금 다소 늦게 출발하는 건, 세상의 비정함 때문이지, 질문자님의 부족함 때문이 아닐 수 있습니다. 예전에 내팽개친 사람에게 부디 함께해달라고 간곡히 요청할 만큼, 이 사회의 사람을 선택하는 시스템은 불완전합니다. 그러니 상심하지 마세요. 넓게 보고 인생을 주체적으로 사시기 바랍니다. 스스로 하고픈 일을 직접 설계하는 것도 잊지 마시고요.

아, 질문을 잊었네요. 취업 축하! 저는 어땠느냐고요? 저역시 취업을 준비하던 시절에는 친구를 만날 형편이 안 됐습니다. 얻어먹기에는 미안하고, 더치페이를 하기엔 형편이 안됐거든요. 그러니 질문자님이 이상한 건 절대 아닙니다. 사람에게는 누구나 힘든 시기가 있습니다. 그 시기를 이해하는 친구를 만나세요. 자판기 커피를 한 잔 함께하더라도, 서로 토닥여주고 힘을 주는 사람이 진정한 친구입니다. 또한 진심이 일지 않는 축하는 상대도 알아챕니다. 그러니 자신을 속여가며 축하하진 마세요. 대신 솔직히 말하세요. 지금은 내가 너무 힘들고 버겁다. 진정한 친구라면 이해해줄 겁니다. 고백하고 위로 받는 것도 용기 있는 행동입니다.

제가 진짜 드리고 싶은 말은 이겁니다. 위축되지 마요. 세상에 맞출 수 없다면, 까짓것 세상이 나에게 맞추게 하겠다며 자신 있게 시도하는 것입니다. 젊다는 건 도전할 시간이 있다는 겁니다. 저는 서른네 살에 직장을 그만두고, 아무런 보장 없이 소설을 쓰기 시작했습니다. 재능에 대한 확신도 없었습니다. 도전하지 않는 인생이라면 나중에 억울할 것 같아 해본 것뿐입니다. 물론 상당히 열심히 썼습니다. 매일 정해진 시간에 맞춰 꼬박꼬박 썼습니다. 나이 서른넷에 한 달에 40만원으로 버티며, 끼니로 햇반을 절반만 먹으며 썼습니다. 이미 무수한 실패를 거듭했기에 세상은 결코 만만치 않다는 것을 알았기 때문입니다. 그러니 때로는 '이봐 세상. 나한테 맞춰보지, 응?' 하는 자세로 나서보는 것도 나쁘지 않습니다. 어쩌면 어떤 유형의 인간에게는 세상에 맞추는 것보다 이게 더 맞을지도 모릅니다. 물론 상당한 노력을 해야겠지만. 부디 내가 겪었으니 너도 겪어봐, 라는 식으로 받아들이지 마시길 바랍니다 (제 경험을 고백하지 않으면 공허하게 들릴까 봐 했을 뿐입니다). 그럼, 진심으로 건투를 빕니다.

결과론이지만 백수 시절에 얻는 것도 있습니다. 저는 그때 친구 만날 돈이 없어 집에서 영화와 드라마만 봤습니다. 그런데 이게 훗날 '이야기 창작자로서의 자산'이 됐습니다. 그러니 자소서만 쓰지 마시고 '이때다!' 생각하고 시간을 주체적으로도 써보시길. 하고 싶은 것에 과감하게 도전할 인생의 유일한 기회일지 모릅니다(훗날 취직하고 결혼하고 애 키우면 내 시간은 사라집니다). 그리고 이 좌절의 시기를 성숙해지는 시간으로 삼으시길. 저 역시 무수히 실패해봤기에 가까스로 타인을 공감할 수 있게 됐습니다. 아마 그 시간이 없었다면, 저밖에 모르는 구제불능이 됐을지도 모릅니다.

어찌해야 좋은 어른이 될까요?

Q

졸업을 앞둔 스물여덟 살 학생입니다. 늦은 나이에 입학
해서인지 또래들보다 젊게 생각하고 젊게 입는 편입니다. 저
보다 어린 학생들과 어울려서이기도 하겠지만, 근원적으로는
제가 아마 '어른이 되고 싶지 않기' 때문인 것 같아요.

계속 소년처럼 하고픈 말은 하고, 현실에 안주하지 않고
꿈을 꾸며 살고 싶습니다. 그런데 문제가 생겼습니다. 여섯 살
어린 여자친구가 이런 절 보고 철이 없다네요. 어른답지 못하
다고 힐난해서, 급기야 절 떠날까 봐 걱정까지 됩니다. 이제
저도 성숙해지고 싶습니다. 어떻게 해야 어른스러워질까요?

A

비슷한 메일을 다른 학생들에게도 받았습니다. 어떤 학생은 '어른과 꼰대의 차이점'을 물었고, 다른 학생은 '어른이란 과연 무엇인지' 물었습니다. 질문자님은 '어떻게 하면 어른스러워질지' 물었고요. 이외에 유사한 메일까지 종합해보면, 질문은 이렇게 수렴됩니다. '어떻게 해야 좋은 어른이 되는가?'

학생 때는 '가르쳐 주는 이'가 많습니다. 교수도 있고 선배도 있습니다. 그런데 졸업하고 나면 '일 시키는 사람'은 있어도 진심으로 '가르쳐 주는 사람'은 없습니다. 육체는 시장에 있지만 영혼은 사막에 있는 것처럼 고독해집니다. 저역시 사회에 나갔을 때 '선생이 없다는 사실'이 가장 슬펐습니다.

해서, 제일 먼저 신경 쓴 게 바로 '혼자서 공부하는 법'

이었습니다. 끊임없이 질문하고, 고민하고, 독서하고, 다시 머릿속을 비워냈습니다. 그러면 얼마 지나지 않아 자문했던 것에 대해 심플한 답이 떠올랐습니다. 복잡하고 세세하고 쓸데없는 것은 시간의 강에 떠밀리어 가버리고, 단순하지만 중요한 것들만 머릿속에 남았습니다. 예컨대 '돈을 어떻게 여겨야 하는가?' '결혼이란 무엇인가?' 같은 주제들을 하나씩 질문하고 고민한 뒤, 다시 비워냈습니다. 제대 후 하루에 하나씩 이렇게 고민들을 정리했습니다. 그러고 나니 저는 '술' '관계' '돈' '소비' 등 살면서 다뤄야 할 것들에 대해 세부적인 태도와 철학을 지니게 됐습니다.

어른이 된다는 건 거창한 게 아닙니다. '자신만의 생각과 태도'를 가지는 것입니다. 어른이 되면 결정해야 할 것 천지입니다. 무엇을 살지, 누구에게 투표를 해야 할지, 누구를 만나야 할지, 누구에게 화를 내고, 누구에게 관용을 베풀어야 할지 끊임없이 결정하고 실행해야 합니다. 그 결정들이 쌓여, 결국 생의 색깔이 정해집니다. 그렇기에 나만의 생각과 태도는 내 생의 뿌리처럼 중요합니다.

그리고, 육체만 늙어가는 노인이 아니라, 영혼이 성숙해가는 인간이 되기 위해선 불합리와 부정에 분노할 줄 알아야 합니다. 비록 그로 인해 잃을 것이 생긴다 하더라도, 두려워하지 않아야 합니다. '꼰대'가 아닌 '어른'은 현실에 비굴하게 굴복하지 않고, 내가 희생하더라도 '그릇된 현실을 바꿀 줄 아는 사람'이기 때문입니다.

그 외에는 정말 간단합니다. 식상하겠지만 '책임과 양보'입니다. 내가 한 말과 행동에 대해 '책임'질 줄 알고, 누리고 싶지만 때로(실은 주로) '양보'할 줄 아는 것이 바로 어른이 되는 첫걸음입니다. 그리고 '자신만의 소중한 견해'대로 살아가면 됩니다.

한데, 방심하지 말아야 할 게 있습니다. 애써 노력해서 형성한 '자신만의 견해'를 언제든지 바꾸고, 폐기 처분 할 수 있어야 합니다. 왜냐하면 세상은 더디지만, 조금씩 나은 방향으로 나아가고 있으니까요. 세상의 기준 역시 조금씩 살기 좋은 방향으로 높아지고 있으니까요. 그렇기에 초보 어른으로서 구축한 '태도와 자세'는 허물 수 없는 성벽이 아니라, 흐르는 물에 잠시 묶어둔 부표와 같습니다. 더 멋진 생각과 더 나은 자세가 발견되면, 이전에 묶어둔 부표를 새 흐름에 과감히 떠내려 보내는 것, 이게 바로 '좋은 어른이 되는 자세'입니다.

끊임없이 질문하고, 끊임없이 변하고, 끊임없이 깨어

지는 것, 저는 이것이 '좋은 어른이 되는 법'이라 생각합니다. 그럼 훌륭한 어른이 되시고, 여자친구와도 오래오래 사랑하시길.

피스.

신뢰할 순 없지만,
속는 셈치고

《고민과 소설가》를 읽어주신 여러분, 고맙습니다. 아쉽지만, 이제 끝입니다.

이 책은 2015년 11월부터 2017년 2월까지 주간지 〈대학내일〉에 기고했던 칼럼을 엮은 것입니다. 연재를 하며, 여러분이 겪고 있는 고민이 다양하다는 걸 깨달았습니다. 그러나 한편으로는 그 고민이 대동소이하다는 점도 알게 됐습니다. 마지막이니 그간 느낀 점을 가감 없이 써보겠습니다. 재미 없고 식상할 수도 있지만, 솔직하게요.

인생의 고민은 대개 '세 가지'로 분류됩니다. '일과 사랑과 우정'입니다. 사실, 이 셋은 각 분야를 대표하는 상징일 뿐입니다. 즉, 〈일〉에는 '돈과 성공, 계급의 문제'가, 〈사랑〉에는 '연인, 부부, 때론 동성·이성간의 관계'가, 〈우정〉에는 '친구는 물론, 가족까지 아우른 모든 인간관계'가 포함됩니다. 당연한 말이지만 저 또한 이 고민들을 여전히 안고 살아갑니다.

그렇기에 자격은 없지만, 혹시나 20대로 돌아간다면 이미 했던 실수를 멍청하게 반복하지 않기 위해 이 문제들에 어찌 대처할지 말해보겠습니다.

일(학업, 진로)

믿을지 모르겠지만, 저는 기쁜 마음으로 공부를 할 겁니다. 예전에도 말했지만, 스승이 있다는 건 좋은 겁니다. 대학을 졸업하고 혼자서 공부를 해보니, 항상 학문에 촉수를 곤두세우고 고민한 결과물을 제한된 시간 내에 적확하게 알려주는 사람은 거의 없다는 걸 알게 됐습니다. 학교 밖 강연은 대개 '돈이 되는 것' 위주입니다. 그러니 슬프게도 순수한 학문적 호기심을 충족하고, 지적 성장을 집중해서 할 수 있는 공간은 캠퍼스 외에는 별로 없습니다(있다 해도 접근성이 떨어지거나, 기대한 바와 다릅니다). 저는 지금도 왜 학창시절에 '인류학'과 '역사' '정치학' 그리고 '심리학'을 좀 더 공부해보지 않았을까, 하고 후회합니다. 학부 시절의 젊은 기운으로 호기심을 발하며 여럿이 강의실에 모여, 정제된 강좌를 들을 기회는 좀처럼 다시 오지 않습니다. 졸업 후 사회에 진출해 취직을 하고 나니—그래서 데이터와 실적들과 씨름을 하고 나니—그때의 '교양강좌'들이 얼마나 '재미있었는지' 깨달았습니다. 말 그대로 그 교양강좌들은 '재미있는 것'이었습니다. 게다가, 청춘 시절에 쌓은 교양이 남은 인생 동안 유지할 품격의 토대를 닦아줍니다. 실은 거의 전부라 해도 과언이 아닙니다. 제 경우에는 그 시절에 쌓은 것이 내적 자산의 8할입니다. 그래서 요즘엔 '교양강좌'가 그립습니다. '미술사'와 '페미니즘' '고대 그리스 정치사' 등이 저의 근래 관심사입니다. 학생으로 돌아간다면, '독일어'와 '스페인어' 수업도 듣고 싶습니다. 아아, 여러분이 부럽네요.

우정(인간관계, 가족)

이런 말은 좀 아이러니하게 들릴지 모르겠지만, 인생에서 가장 중요한 관계는 바로 '나와의 관계'입니다. 고로, 혼자 있는 시간 동안 '나 자신에게 어떻게 대해줄지' 결정하는 것이 정말 중요합니다. 나에게 운동의 시간을 줄지, 휴식의 시간을 줄지, 독서의 시간을 줄지, 용서의 시간을 줄지, 반성의 시간을 줄지, 탐닉의 시간을 줄지…. 이 모든 것을 결정하는 존재는 바로 자신입니다. 그러므로 내가 나를 잘 대하지 않으면, 타인과의 관계도 온전해질 수 없습니다. 내가 나를 잘 대해야, 타인도 나를 잘 대해줍니다.

아울러, 인생에서는 세 명의 친구가 필요합니다.

— 언제나 허물없이 지낼 수 있는 친구
— 나와 같은 직업적 고민을 나눌 수 있는 친구

— 나와 지위나 인격이 비슷한 친구(비슷하게 놀고 싶을 때 중요합니다.)

이 셋 중 '허물없이 지낼 수 있는 친구'는 20대에 대개 결정됩니다. 그 친구에게 잘해줘야 합니다. 친구지만 예의를 갖춰야 합니다.

어느새 저는 친구들이 모두 떠나갔네요. 아아, 여러분이 또 부럽네요.

사랑(연인, 부부 등)

흔히 이성친구나 애인을 '있으면 귀찮고, 없으면 허전하다'고 하죠. 둘 중 하나를 꼽으라면, '있어서 귀찮은 게' 낫습니다. 고독을 통해 얻는 것도 있지만, '함께 있을 때' 인간은 더 성숙해집니다. 물론, 만남을 내 성장의 발판으로 삼으라는 건 아닙니다. 하지만, 사람을 만난다는 건 결과적으로 좋은 일입니다. 연애를 통해 사랑하는 사람을 대하는 법을 배우고, 실연을 통해 상처 다루는 법을 배웁니다. 그러니 20대로 돌아간다면, 예전처럼 복잡하게 생각하지 않을 겁니다. 이것저것 따지지 않고, 다가오는 이에게 마음을 더 열고, 저 역시 마음 건네는 걸 주저하지 않을 겁니다.

그리고 하나 더. 당연한 말이지만, 사랑에는 정신적 사랑과 육체적 사랑이 모두 포함됩니다. 스무 살의 저는 체력이란 마치 태양과 같아서, 매일 아침이면 자연스레 떠올라 어느 순간 머리 위를 당연하게 비추는 것이라 생각했습니다. 하지만 한낮의 햇살이 그리 길지 않듯, 이 시기는 그리 길지 않습니다. 체력이 된다 해도, 열정 역시 또 하나의 자원이라 시간이 지나면 시들어버리기 마련입니다(물론 체력과 열정이 모두 허락된다면 축복이지만, 파트너가—즉, 나의 배우자가—나와 같은 상태일 경우는 흔치 않습니다). 고로, 20대의 저는 육체적 사랑 앞에서 지나치게 신중했지만, 지나고 보니 결국 시간은 누구 앞에나 공평하고 냉정하게 흘러간다는 진리를 무시해버렸던 겁니다. 아아, 여러분이 또 부럽네요.

물론 모든 사랑에는 책임이 따릅니다. 그러니 이제 와서 이런 말을 하긴 뭣하지만, 여러분이 알아서 하세요. 그럼에도 제가 이 말을 꺼낸 건, 삶에서 자신이 파괴되어도 좋다고 여길 만큼 누군가와 깊이 사랑하는 일은 흔치 않기 때문입니다. 그러니 그런 기회가 있으면 여러분이 알아서 하세요(저는 책임지는 걸 싫어하니까요).

아시겠죠. 제가 봄과 여름과 겨울을 몇 번 더 겪었다고 이때까지 주절댔지만, 결국 여러분 삶은 여러분이 알아서 살아야 한다는 것을요. 당연한 말이지요. 여러분이 알아서 사실 때, 여러분이 주체적으로 사실 때, 여러분이 능동적으로 사실 때, 여러분이 원하는 대로 사실 때, 혹시나 삶에 헷갈림이 있다면, 그래서 '에이. 이 양반 이야기는 신뢰할 순 없지만, 속는 셈치고 한번 들어보자' 싶을 땐 제 주절거림을 펼쳐보시길. 그 정도로도 벌써부터 어깨가 무거워지네요. 하지만 어쩌겠어요. 이렇게 다 써버렸는걸요. 작가는 자기 글에 책임지고 살아가는 존재이므로, 이렇게 책임질 게 또 하나 늘었네요.

쓰면 쓸수록 책임질 게 더 늘어나니까, 조금 급작스럽지만 저는 이만 떠날게요. 여러분, 부디 즐겁게 지내시길.
그럼, 여러분의 빛날 청춘을 위해 건배!
꿀떡 꿀떡 꿀떡…….

합정동에서 여러분을 위해 건배하는 최민석

고민과 소설가

1판 1쇄 인쇄 2018년 5월 28일 **1판 1쇄 발행** 2018년 6월 25일
지은이 최민석
펴낸이 고세규
편집 김지선 **디자인** 홍세연

발행처 김영사
주소 경기도 파주시 문발로 197(문발동) 우편번호 10881
등록 1979년 5월 17일(제406-2003-036호)
구입 문의 전화 031)955-3100 **팩스** 031)955-3111
편집부 전화 02)3668-3292 **팩스** 02)745-4827 **전자우편** literature@gimmyoung.com
비채 카페 cafe.naver.com/vichebooks **인스타그램** @drviche
트위터 @vichebook **페이스북** facebook.com/vichebook **카카오톡** @비채책
ISBN 978-89-349-8177-0 03810 책값은 뒤표지에 있습니다.

비채는 김영사의 문학 브랜드입니다.

이 도서의 국립중앙도서관 출판예정도서목록(CIP)은 서지정보유통지원시스템 홈페이지(http://seoji.nl.go.kr)와 국가자료공동목록시스템(http://www.nl.go.kr/kolisnet)에서 이용하실 수 있습니다. (CIP제어번호: CIP2018015625)